<u>   </u> 년   월   일

<u>   </u> 님께

<u>   </u> 드림

출판문화수호울타리 요강

제1조(명칭) 이 단체 명칭은 한국 출판문화 수호울타리
　　　　운동(울타리)본부라 칭한다. 울타리 명칭은 전파문
　　　　명 앞에 출판문화를 지키자는 뜻임을 밝힌다.

제2조(위치) 사무실은 서울특별시에 둔다.

제3조(목적) 현재 스마트폰, 카카오 톡, 인터넷 등 전자
　　　　문명의 발전으로 출판문화가 붕괴 위협을 받고 있
　　　　다. 본회는 스마트폰 배필 문고판 '무크지 스마트
　　　　북 울타리'를 발행하여 누구나 휴대하고 책과 가까
　　　　이 할 수 있도록 하자는데 목적이 있다.

제4조(사업) 이 '출판문화 수호울타리운동'은 문학인의 질
　　　　적 향상과 친교를 통하여 3조의 목적에 부응하며
　　　　스마트 북을 출판하여 현대 지성인 누구나 휴대하
　　　　기 편한 문고판을 출판하여 널리 보급한다. 스마트
　　　　북의 책명은 '울타리'로 하고 편집자 명의는 '울타리
　　　　글벗마을'로 한다.

스마트 폰 옆에 스마트 북 ❷

엄마 울타리

울타리글벗문학마을 편

엄마와 울타리 / 심만기 화백 작

도서출판 한글

출판문화수호 스마트 북 ⑵

2022년 2월 15일 1판 1쇄 인쇄
2022년 2월 20일 1판 1쇄 발행

엄마 울타리

편   자 울타리글벗문학마을
기   획 이상열
편집고문 김소엽
편집위원 김홍성 이병희 최용학 방효필 김경수
발 행 인 심혁창
주   간 현의섭
사업본부장 백근기
교   열 송재덕
디 자 인 박성덕
인   쇄 김영배
관   리 정연웅
마 케 팅 정기영
펴 낸 곳 도서출판 한글
우편 04116
서울특별시 마포구 신촌로 270(아현동) 수창빌딩 903호
☎ 02-363-0301 / FAX 362-8635
E-mail : simsazang@daum.net
창   업 1980. 2. 20.
이전신고 제2018-000182
* 파본은 교환해 드립니다.
* 정가 7,000원
* 국민은행(019-25-0007-151 도서출판한글 심혁창)

ISBN 97889-7073-597-9-12810

스마트 북

정부에서 영화, 액션, 연극, 풍물, 탈춤 등에는 몇 억, 몇 천만 원씩 지원하지만 문화예술의 근간인 '출판문화' 분야 보조는 몇 백만 원에 불과합니다.

지금은 모든 사람이 품고 다니는 것이 스마트 폰이며 그것이 얼마나 소중한지 한 순간도 멀리 두지 못합니다. 그러다 '까똑' 소리만 나면 민첩하게 반응합니다. 어떤 분은 샤워 중 폰 소리에 뛰쳐나가다 미끄러져 팔이 부려졌다고도 합니다. 길에서도 그걸 들여다보느라 모두 느림보 걸음이고 아침엔 눈뜨자마자 폰을 찾습니다. 그야말로 폰신(God)입니다. 외국 기자가 한국인은 모두 스마트 폰 꽝이라고 할 정도입니다.

스마트폰 사랑하듯 스마트북도 사랑을!

사람들이 책을 가까이하게 하자는 의지로 '출판문화수호운동'을 펼치며 스마트폰에서 감동적인 글을 선정하고 국내외의 우수한 문학작품을 장르별로 편집하여 스마트 북으로 펴냅니다. 핸드백이나 포켓에 스마트 북을 넣고 다니다 전철이든 어디서든 자투리 시간에 스마트폰을 보듯 읽으시면 지루하지 않고 지식도 얻으니 일거양득이 될 것입니다.

발행인 심혁창

목 차

曺秀美와 보리밭

한국인의 긍지와 자존심을 빛낸 예쁜 애국자

세계 Top Class인 Opera가수 조수미(曺秀美)를 우리는 잘 알고 있습니다. 그녀의 본명은 조수경이었는데 발음이 부자연스러워 조수미로 개명했다고 합니다.

경남 창원이 고향이며 서울 선화예술고등학교를 졸업하고 그녀는 원래 피아노 신동이었지만 주위에서 노래를 시켜야 한다고 적극 권유했다고 합니다.

이미 어릴 적부터 천재성이 보여 그런 이유로 서울대학교 음대 성악과에 합격했습니다. 서울대학교 재학중 같은 학교 경영학과의 남학생과 사랑에 빠진 후 그녀는 연애를 시작하면서 조수미의 모든 것이 달라졌고 예전 조수미의 모습을 찾아볼 수 없었다고 했습니다.

이를 지켜보던 교수와 부모님은 상의 끝에 조수미의 장래를 생각해서 서울대를 중퇴시키고 세계에서 가장 오래 되고 전통 있는 이태리 로마에 있는 명문대학인 산타체칠리아(Santa cecilia Conservatory of Music)음악원에 강제 유학을 보내게 됩니다.

그때부터 조수미는 본격적인 재능을 펼치기 시작했고 남자 친구로부터 이별통보를 받은 후 이로 인해 조수미는 그때부터 지독하게 다짐하면서 음악학원에서 5년 과정을 2년 만에 졸업하는 놀라운 천재적 재능을 발휘하여 교수 전원이 감탄을 했다고 했습니다.

세계무대를 활보하며 결혼할 기회가 여러 번 있었음에도 불구하고 세계 1인자가 되기 위한 이런 열성이 오늘의 조수미를 만들지 않았을까 짐작하게 하는 대목입니다.

세계적으로 한국을 알리며 활동하는 조수미 씨가 대단하고 자랑스러우며 내일 모래면 회갑인데 아직도 미혼이라는 게 안타깝습니다.

지금부터 30년 전인 스물여덟 살 때 이미 세계의 정상에 올랐던 조수미의 수많은 일화중 하나를 소개하려고 합니다. 당시 영국의 가장 큰 음반 회사에서 조수미 씨에게 레코드 하나를 내주겠다고 제의(提議)를 했습니다.

이런 경우 일반적인 가수들은 세계에서 가장 큰 음반회사에서 자신의 레코드를 내준다며 제의가 들어오면, 무조건 환영한다면서 좋아서 수락을 했겠지만 조수미 씨의 태도는 보통 가수와는 전혀 달랐습니다. 조수미씨는 레코드회사에 "조건이 하나 있다"고 했습니다. "그 레코드에 '보리밭'을 넣어 주셔야 한다."고 했습니다. 레코드회사 사장을 50년이나 근무했지만 '보리밭'이라는 노래는 들어본 적이 없는 생소한 이름이었습니다.

"조수미 선생! 그 '보리밭'이라는 노래가 무슨 오페라에 나오는 아리아(Aria)입니까?"

"그것은 오페라에 나오는 아리아가 아니라, 내 조국 대한민국의 가곡(歌曲)입니다."

조수미 씨의 제의를 듣고 난 레코스사 사장은,

"이것은 서울에서 파는 레코드가 아닙니다. 이것은 세계적인 도시인 파리에서 팔고, 런던에서 팔고, 로마에서 팔고, 빈에서도 팔고, 뉴욕에서도 팔리는 세계적인 레코드입니다. 거기에다 세계 사람이 아무도 모르는 '보리밭'을 넣어 가지고 그 레코드가 성공은커녕 팔리기나 하겠습니까?"

"그러면 그만두시지요."

조수미 씨는 벌떡 일어섰습니다. 당황한 레코드회사 사장,

"앉으세요, 꼭 원하신다면 제의하신 대로 '보리밭'을 넣도록 합시다. 조수미 선생 이제 만족하시겠지요?"

조수미는 그냥 지나가지 않았습니다.

"조건이 하나 더 있습니다."

"무슨 조건이십니까?"

"레코드 재킷에는 '보리밭'이라는 제목을 대한민국 글자인 한글로 찍어 주셔야 합니다."

레코드회사 사장은 비서실에 전화를 하는 등 한참 수선을 피우더니 지금 영국에는 한글 활자가 없다는 이유로 조수미의 제안에 난색을 표했습니다. 조수미 씨는 물러서지 않고

"사장님! British Airway(영국 항공사)에 가면 한글 활자가 있습니다."하고 맞섰습니다. 그래서 조수미 씨의 첫 번째 레코드에 '보리밭'이 들어갔고, '보리밭'이 영어도 아니고 불어도 아니고 이태리어도 아닌 당당한 한글 '보리밭'으로 찍혀 있습니다. 놀라운 일이 아닐 수 없습니다.

이것이야 말로 얼마나 위대한 애국정신입니까! 상식적으로 이런 내용의 부탁은 일개국의 대통령이 레코드사를 방문해서 부탁해도 쉽게 이루어질 일이 아니라는 사실입니다.

가냘픈 한 여성 가수가 자기 조국(祖國)이라는 것에 대해 애착과 열정과 깊은 애국심을 갖고, 더 나아가 큰 자부심이 있기 때문에 해낸 것이라고 할 수 있습니다. 가슴이 벅차오르는 감동적인 행보가 아닐 수 없습니다.

조수미 씨는 88서울올림픽, 2002년 월드컵 전야제, 2018년 평창 동계올림픽 때에 이태리에서, 파리에서, 런던에서 그 바쁜 와중에도 모든 것을 제치고 단숨에 서울로 달려왔습

니다.

조수미 씨! 그녀는 조국에서 부르면 어떤 선약(先約)도 뒤로 미루고 언제든지 달려옵니다. 이런 인간성을 길러내는 것이 교육의 궁극적 목적이라 하겠습니다. 글만 가르치는 것이 능사이고 소중한 것이 아니지 않습니까. 그들에게 자라나는 인격을 만들어 줘야 한다는 것입니다.

그 인격을 만들어 주는 것 중에서 가장 중요한 것이 대한민국에서 태어났다는 자부심을 갖게 하는 것입니다. 그리고 우리 민족이 위대하다는 사실을 깨닫게 해주는 대목입니다.

우리도 그 누구도 자신이 가진 재능과 능력에 따라 사회와 국가와 민족을 위해 어떠한 모습과 형태로든 충성하고 봉사할 수 있는 재능이 있고 기회가 있음을 잊지 마시기 바랍니다. 지금 이 나이에 내가 뭘……. 하지 마십시오. 아닙니다. 괴테가 유명한 희곡인 파우스트를 완성한 것은 나이 80을 넘어서였고 미켈란젤로는 로마에 있는 성 베드로 대성전의 돔(Dome)을 70세가 넘어 완성했고 헨델과 하이든 같은 유명 작고가들도 고희(古稀)의 나이를 넘겨 불후의 명곡을 만들었다고 했습니다

모세를 보십시오! 80세에 민족을 위해 새로운 출발을 한다며 장정 60만(실제 숫자 200만)을 이끌고 애굽을 탈출하여 가

나안 복지를 향해 유대 민족을 구출하는 대역사를 장식했습니다. 당시의 이 정도 나이는 지금의 100세가 넘는 노령들입니다. 노년을 초라하게 보내지 않도록 여유를 가지는 마음 자세와 모든 세상을 포용하고 용서하며 사랑할 수 있는 모습을 유지하면 더욱 좋겠습니다.

조금이나마 우아한 생애를 보내겠다는 결단을 가지고 생활하는 습관도 몸에 배도록 노력하며 살아가면 더더욱 좋을 것입니다. 우리 모두 할 수 있습니다. 분명히 할 수 있습니다. (출처 : https://youtu.be/ln6cei3vblA) 너무 훌륭한 글이라 모셨습니다. 감사드립니다.

보리밭

보리밭 사이 길로 걸어가면
뒤 부르는 소리 있어 니를 멈춘다
옛 생각이 외로워 휘파람 불면
고운 노래 귓가에 들려온다
돌아보면 아무도 보이지 않고
저녁놀 빈 하늘만 눈에 차누나

아홉 살 소녀의 사랑

29살 총각인 나는 직장에서 일을 마치고 집으로 돌아오는 길이었다. 난 그 날도 평소처럼 집 앞 횡단보도를 걷고 있었는데 그만 시속 80km로 달리는 차를 못 보고 차와 부딪혀 중상을 입었다. 난 응급실에 실려 갔고, 기적적으로 생명만은 건졌다. 그러나 의식이 돌아오는 동시에 깊은 절망에 빠지게 되었다.

시력을 잃었던 것이다. 아무것도 볼 수 없다는 사실에 너무 절망했고, 결국 아무 일도 할 수 없는 지경이 되어버렸다. 중환자실에서 일반병실로 옮기면서 난 그녀를 만났다. 그녀는 아홉 살밖에 안 되는 소녀였다.

"아저씨! 아저씨는 여기 왜 왔어?"

"야! 꼬마야! 아저씨 귀찮으니까 저리 가서 놀아."

"아. 아저씨! 왜 그렇게 눈에 붕대를 감고 있어? 꼭 미라 같다."

"야! 이 꼬마가. 정말 너 저리 가서 안 놀래?"

그녀와 나는 같은 301호를 쓰고 있는 병실환자였다.

"아저씨, 근데…… 아저씨 화내지 마. 여기 아픈 사람 많아 아저씨만 아픈 거 아니잖아. 그러지 말고 나랑 친구해요, 네? 알았죠?"

"꼬마야, 아저씨 혼자 있게 좀 내버려 둘래?"

"그래. 아저씨. 난 정혜야. 오정혜! 여긴 친구가 없어서 심심해. 아저씨 나 보고 귀찮다구?"

그러면서 그녀는 밖으로 나가 버렸다. 다음 날

"아저씨. 그런데 아저씬 왜 이렇게 한숨만 푹푹 셔?"

"정혜라고 했니? 너도 하루아침에 세상이 어두워졌다고 생각해 봐. 생각만 해도 무섭지. 그래서 아저씬 너무 무서워서 이렇게 숨을 크게 내쉬는 거란다."

"근데, 울 엄마가 그랬어. 병도 이쁜 맘 먹으면 낫는대. 내가 환자라고 생각하면 환자지만 환자라고 생각 안 하면 환자가 아니라고. 며칠 전에 그 침대 쓰던 언니가 하늘나라에 갔어. 엄마는 그 언니는 착한 아이라 하늘에 별이 된다고 했어. 별이 되어서 어두운 밤에도 사람들을 무섭지 않게 환하게 해 준다고."

"음, 그래. 넌 무슨 병 때문에 왔는데?"

"음……. 그건 비밀. 그런데 의사 선생님이 곧 나을 거라고 했어. 이젠 한 달 뒤면 더 이상 병원에 올 필요 없다고."

"그래? 다행이구나."

"아저씨, 그러니까……. 한 달 뒤면 보고 싶어도 못 보니까 한숨만 쉬고 있지 말고 나랑 놀아줘. 응? 아저씨!"

나는 나도 모르게 미소를 지었다. 그녀의 한 마디가 나에게 용기를 주었다. 마치 밝은 태양이 비추듯 말이다. 그 후로 난 그녀와 단짝친구가 되었다.

"자! 정혜야, 주사 맞을 시간이다."

"언니, 그 주사 30분만 있다가 맞으면 안돼? 잉? 나 지금 안 맞을래!"

"그럼 아저씨랑 친구 못 하지. 주사를 맞아야. 빨리 커서 아저씨랑 결혼한다."

"칫."

그리곤 엉덩이를 들이대었다. 그렇다. 어느 새 그녀와 나는 병원에서 소문난 커플이 되었다. 그녀는 나의 눈이 되어 저녁마다 산책을 했고, 아홉 살 꼬마 아이가 쓴다고 믿기에는 놀라운 어휘로 주위 사람, 풍경 얘기 등을 들려주었다.

"근데, 정혜는 꿈이 뭐야?"

"음……. 나 아저씨랑 결혼하는 거."

"에이, 정혜는 아저씨가 그렇게 좋아? 응? 내가 그렇게 잘생겼어?"

"음……. 잘 보니까 아저씨 되게 못생겼다. 꼭 괴물 같애."

그러나 그녀와의 헤어짐은 빨리 찾아 왔다. 2주후 나는 병원에서 퇴원했다. 그녀는 울면서 말했다.

"아저씨. 나 퇴원할 때 꼭 와야 돼 알겠지? 응? 약속!"

"그래, 약속."

눈으로는 그녀를 볼 수 없었시만 가녀린 새끼손가락에 고리를 걸고 약속을 했다. 그리고 2주일이 지났다.

'따르릉 따르릉.'

"여보세요. 최호섭씨?"

"예! 제가 최호섭입니다."

"축하합니다. 안구 기증이 들어 왔어요."

"진, 진짜요? 감사합니다. 감사합니다."

나는 정말 하늘로 날아갈 것 같았다. 일주일 후 난 이식수술을 받고, 3일 후에는 드디어 꿈에도 그리던 세상을 볼 수 있게 되었다. 난 너무도 감사한 나머지 병원측에 감사편지를 썼다. 그리고 나아가서 기증자도 만나게 해달라고 했다.

그러던 중 난 그만 주저앉고 말았다. 기증자는 다름 아닌 정혜였던 것이다. 나중에 알았던 사실이지만 바로 내가 퇴원하고 일주일 뒤가 정혜의 수술 날이었다.

그녀는 백혈병 말기환자였다. 난 그녀를 한 번도 본 적이 없었기에 그녀가 건강하다고만 믿었는데 정말 미칠 것 같았다. 난 하는 수 없이 그녀의 부모님이라도 만나야겠다고 생각했다.

"아이가 많이 좋아했어요."

"예……."

"아이가 수술하는 날 많이 찾았는데……."

정혜의 어머니는 차마 말을 잇질 못했다.

"정혜가 자기가 저 세상에 가면 꼭 눈을 아저씨께 주고 싶다고. 그리고 꼭 이 편지 아저씨에게 전해 달라고……."

그 또박 또박 적은 편지에는 아홉 살짜리 글씨로 이렇게 쓰여 있었다.

아저씨!

'나 정혜야. 음~ 이제 저기 수술실에 들어간다. 옛날에 옆 침대 언니도 거기에서 하늘로 갔는데…… 정혜도 어떻게 될지는 모르겠어. 그래서 하는 말인데 아저씨 내가 만일 하늘로 가면 나 아저씨 눈 할게. 그래서 영원히 아저씨랑 같이 살게. 아저씨랑 결혼은 못 하니까.'

정혜의 글을 읽고 나는 가슴이 저려 눈물만 흘렸다.

✦ 감동적인 글 ✦

스웨덴 명총리 탸게 엘란데르

스웨덴에서 가장 존경하는 정치인이 누군지 물어보면 대답이 한결같습니다. 어떤 국회의원은 그에게 사인 받은 책을 보여주며 눈물까지 흘립니다.

1946년부터 23년간 총리를 지낸 타게 엘란데르(1901~1985) 재임 중 11번의 선거를 모두 승리로 이끌었고, 마지막 선거에서는 스웨덴 선거 사상 처음으로 과반을 넘는 득표율로 재집권한 후 후계자에게 자리를 넘겨주고 떠났습니다. 정말 드라마에서나 있을 법한 이야깁니다. 민주주의 국가에서 20여 년의 장기집권이 가능하도록 스웨덴 국민들이 신뢰를 보낸 이유가 무엇일까.

1. 대화와 타협

타게 엘란데르는 청년시절 급진주의 활동을 한 좌파 정치인입니다. 그래서 총리로 선출되었을 때 왕과 국민들은 많은 걱정을 했고 특히 노사분규로 힘들어 하던 경영자들의 거부

감은 대단했습니다. 그러나 취임 후 그의 행보는 전혀 달랐습니다. 야당인사를 내각에 참여시키고 경영자에게 손을 내밀어 대화를 한 후 노조대표와 함께 3자회의로 노사문제를 해결했습니다.

대화정치를 상징하는 것이 바로 목요회의입니다. 매주 목요일 스톡홀름에서 차로 2시간 거리에 있는 총리별장에 정·재계, 노조 인사를 초대해 저녁식사를 하며 대화를 나누었습니다. 국회의원, 지방의원, 경총, 노총 대표 등 안 가본 사람이 없을 정도로 유명합니다. 목요회의가 성공한 것은 보여주기 식 대화가 아닌 상대의 의견을 경청하고 문제해결을 위해 노력하는 진정성 때문에 가능했습니다. 국민을 행복하게 만든 복지제도도 대화정치 덕분에 가능했습니다.

2. 검소한 삶

스톡홀름 남쪽 린셰핑이라는 작은 도시가 있습니다. 그곳에 타게 엘란데르의 아들 부부가 삽니다. 아들은 대학총장을 역임한 후 아버지가 살아온 길을 책으로 발간했습니다. 부부가 들려주는 부모님의 이야기는 동화 속의 이야기처럼 감동의 연속입니다. 엘란데르는 최고 권력자이지만 검소하게 살았습니다. 총리시절에도 이십 년이 넘은 외투를 입고 신발도 구두밑창을 갈아가며 오래도록 신었습니다.

검소함은 부인도 똑같습니다. 집권 23년 동안 국회개원식에 참석하기 위해 입던 옷은 단 한 벌. 아들 부부는 부모님이 국민을 생각하는 것이 더 중요하다고 말씀하셨다며 검소함은 두 분의 삶의 전부라고 자랑스러워합니다.

3. 특권 없는 삶

"부모님은 총리시절에도 관저 대신 임대 주택에서 월세를 내고 살았습니다. 출퇴근도 관용차 대신 어머니가 직접 운전하는 차를 이용했습니다."

임대주택은 자신의 재임시절 서민을 위해 지은 아파트입니다. 그는 특권을 버리고 국민의 삶속으로 들어와 친구처럼, 다정한 이웃처럼 지냈습니다.

1968년 국민들은 다시 한 번 깜짝 놀랍니다. 타게 엘란데르가 총리를 그만둔 후 거처할 집이 없다는 사실을 알았기 때문입니다. 당원들이 급히 돈을 모아 집을 마련합니다.

스톡홀름에서 차로 2시간 거리에 있는 봄메쉬빅, 한적한 시골마을입니다. 부부는 마을 호수가 옆 작은 주택에서 16년을 살았습니다. 그런데 총리시절보다 더 많은 사람들이 찾아왔습니다. 재미있는 사실은 지지자보다 반대편에 섰던 사람이 더 많았다고 합니다. 진심이 통한 겁니다.

모란이 피기까지는

감상 박종구(시인)

모란이 피기까지는
나는 아즉 나의 봄을 기둘리고 있을 테요
모란이 뚝뚝 떨어져 버린 날
나는 비로소 봄을 여흰 서름에 잠길 테요
오월 어느 날 그 하로 무덥든 날
떨어져 누운 꽃닢마저 시들어 버리고는
천지에 모란은 자최도 없어지고
뻗쳐오르든 내 보람 서운케 무너졌 느니
모란이지고 말면 그뿐 내 한 해는 다 가고 말아
삼백 예순 날 한양 섭섭해 우옵내다
모란이 피기까지는
나는 아즉 기둘리고 있을 테요 찬란한 슬픔의 봄을

시인이 가다리는 모란은 무엇일까? 사랑하는 임일까? 조
국일까? 추구하는 이상일까?

　시인 김영랑이 살았던 1930년대는 소박한 시대가 아니었

다. 일제 강점기의 암울한 사회였다. 해방 직후 역시 삶의 현장은 어수선했다. 어둠과 절망, 슬픔이 짙게 드리운 그의 시편들은 이런 분위기에서 태어났다.

시인은 10대에 사랑하는 아내를 잃었다. 독립운동을 하다가 옥고를 치렀다. 이런 질곡 속에서도 그의 시는 차라리 희망의 노래였다. 어둠에서 빛을 갈구하는 몸부림, 슬픔을 초출하려는 그의 노랫가락들은 내면의 깊은 세계로 눈뜨게 한다.

필자는 두어 해 전 청보리 밭 바람이 싱그러울 무렵 김시인의 고향 강진을 찾았다. 그의 생가 뜰에는 모란이 있었다. 모란은 아직 피기 전이었다. 피지 않은 모란 곁에서 시인의 기다림, 아니 그리움에 사무쳤다.

그리움은 강물 되어 흐르고 있었다.

모란이 피기까지 마냥 기다리는 그 순수한 순응의 노래는 아픔과 절망의 긴 여정의 끝자락에서 만나는 성숙한 초월자의 가락이 아닐까. 오늘은 나도 모란 곁에서 봄을 기다리고 싶다.

내 마음의 어윈 듯 한편에 끝없는 / 강물이 흐르네 / 돋쳐 오르는 아침 날빛이 빤질한 / 은결을 도도네 / 가슴엔 듯 눈엔 듯 또 핏줄엔 듯 / 마음이 도른도른 / 내 마음어윈 듯 한편에 끝없는 / 강물아 흐르네

그대는 나의 가장 소중한 별

김소엽

우리네 인생길이
팍팍한 사막 길 같아도
그 광야길 위에도 찬란한 별은 뜨나니
그대여,
인생이 고달프다고 말하지 말라

잎새가 가시가 되기까지
온 몸을 오그려 수분을 보존하여
생존하고 있는 저 사막의 가시나무처럼
삶이 아무리 구겨지고 인생이 기구해도
삶은 위대하고 인생은 경이로운 것이어니
그대여,
삶이 비참하다고도 말하지 말라

내가 외롭고 아프고 슬플 때

그대의 따뜻한 눈빛 한 올이 별이 되고
그대의 다정한 미소 한 자락이 꽃이 되고
그대의 부드러운 말 한 마디가 이슬 되어
내 인생길을 적셔주고 가꾸어 준
그대여.

이제 마지막 종착역도 얼마 남지 않았거니
서럽고 아프고 쓰라렸던 기억일랑
다 저 모래바람에 날려 보내고
아름답고 즐겁고 행복했던 기억만을
찬란한 별로 띄우자
그대가 나의 소중한 별이 되어 준 것처럼
나도 그대의 소중한 별이 되어 주마

이 세상 어딘가에 그대가 살아 있어
나와 함께 이 땅에서 호흡하고 있는

그대의 존재 자체만으로도
나는 고맙고 행복하나니
그대는 나의 가장 소중한 별
그대는 나의 가장 빛나는 별

---

* 이대문리대영문과 및 연세대 대학원 졸업, 명예문학박사
* 〔한국문학〕에 〈밤〉〈방황〉등, 서정주 박재삼 심사로 등단
* 호서대 교수 정년은퇴 현〕 대전대 석좌교수 재임 중
* 시집 「그대는 별로 뜨고」, 「지금 우리는 사랑에 서툴지만」, 「마음속
  에 뜬 별」, 「하나님의 편지」, 「사막에서 길을 찾네」, 「그대는 나의
  가장 소중한 별」, 「별을 찾아서」, 「풀잎의 노래」 등 15권
* 윤동주문학상 본상, 46회 한국문학상, 국제PEN문학상, 제7회
  이화문학상, 대한민국신시임당상 수상

풀꽃

나태주

자세히 보아야
예쁘다

오래 보아야
사랑스럽다

너도 그렇다

꽃신

나태주

꽃을 신고 오시는 이
누구십니까?

아, 저만큼
봄님이시군요!

어렵게 어렵게 찾아왔다가
잠시 있다 떠나가는 봄

짧기에 더욱 안타깝고
안쓰러운 사랑

사랑아, 너도 갈 때는
꽃신 신고 가거라

Hark, Now Everything Is Still

by John Webster

Hark, now everything is still;
The screech owl and the whistler shrill
Call upon our dame aloud,
And bid her quickly don her shroud.
Much you had of land and lent;
Young length in clay's now competent.
A long war disturbed your mind;
Here your perfect peace is signed.
Of what is it fools make such vain keeping?
Sin their conception, their birth weeping,
Their life a general mist of error,
Their death a hideous storm of terror.
Strew your hair with powders sweet,
Don clean linen, bathe your feet,
And, the foul fiend more to check,
A crucifix let bless your neck.
'Tis now full tide, 'tween night and day,
End your groan and come away.

들으라, 삼라만상 조용하니

존 웹스터 작 / 원응순 역주

들으라, 삼라만상 조용하니;
부엉새와 휘파람새 짖는 소리로
마님 큰소리로 찾아 울고,
어서 수의 입으라 재촉하는구나.
그대 땅(재산)이 많아 빌려주기도 했지만,
지금은 사지를 뉘일 흙이면 족하리.
오랜 전쟁이 그대 마음 괴롭혔지만,
여기서 그대 완전한 평화조약 맺었나니.
어리석은 자들이여! 이런 헛된 생명
이어간들 무슨 소용이랴?
그대 회임은 죄요, 태어남은 눈물이라,
그대들의 일생은 모두 오류투성이,
그대들의 죽음은 무서운 공포의 폭풍우.
머리에 향기로운 분을 뿌리고,
몸을 목욕하고, 깨끗한 린넨 옷을 입고,
더러운 악귀를 제어하도록,
십자가상을 목에 둘러라;
밤과 낮 사이, 지금 바로 한참인 시간에
신음소리랑 그치고 그대 떠나시오.

[Note]
JohnWebster(1580~1625)
W. Shakespeare와
동시대 시인이며
극작가로서 비극에 있어,
셰익스피어에 버금가는
작가로 유명함.
그의 비극,
The White Devil(하얀 악마)
The Duchess of Malfi
(말피 공작부인)이
그 대표작이다.
이 시는
〈Death-Song〉에
들어 있는 서정시로
극적 요소와 무드를
특징으로 나타낸다.

(역주자:시인, 경희대 명예교수, 영문학 박사)

화난 얼굴

李鍵淑

　　강 장로와 박 장로는 인천공항을 뜰 때부터 입이 툭 튀어
나와 있었다. 팔월 복더위에 베트남과 캄보디아에 가서 선교
현장을 조사하고, 보낸 헌금이 잘 쓰여서 교회를 잘 짓고 있
는지 보고 오라는 선교회의 임무를 맡았다.

　　베트남보다 캄보디아에 갈 일이 한심했다. 40도를 오르내
리는 찜통더위는 생각만 해도 아찔했다. 이번에는 다른 장로
들이 갔으면 좋으련만 모두 머리를 흔들어서 두 사람에게 임
무가 주어진 셈이다.

　　두 장로는 어려서부터 한 마을에서 자라난 터라 아주 사
이가 돈독한 처지다. 해서 이번 여름에는 두 가정이 어울려
남쪽 바다의 사도로 여름휴가를 떠나기로 했는데 보름간이
나 선교지 순례를 떠나게 되었으니 분통이 터질 지경이었다.
두 가정의 중학교에 다니는 아이들이 공룡의 발자국으로 유
명한 사도로 가자고 보채서 정한 여행지였는데 이래저래 식
구들 반발이 대단했다.

한 달 전쯤 연락해 주었다면 여행일자를 조정했을 터인데 날짜가 박두해서 가라고 하니 어쩔 수 없이 순종하는 마음으로 나서기는 했지만, 속이 부글부글 끓었다.

호찌민시의 탄산롤 공항에 내렸는데 선교사가 나오지 않았다. 이것도 두 장로의 마음에 분노를 자아내서 기분 나쁜 표정이 얼굴에 가득했다.

얼굴은 생각의 색깔대로 물들게 마련이라 끔찍할 정도로 무서운 그늘이 두 사람의 몸에 서렸다. 공항 밖으로 나가 훅훅 덤벼드는 뜨거운 바람에 숨이 막혀 투덜대면서 얼씬거리니 몸이 왜소하고 키가 작은 베트남 청년이 팻말을 들고 서 있었다.

〈박기정, 강정무 장로님〉

그 청년이 이끄는 대로 차에 올랐다.

두 장로는 참지를 못하고 노골적으로 분노를 터뜨렸다.

"에이! 우리가 왔는데 선교사란 자가 개 보듯 하는군. 선교비를 당장 끊어야겠어. 선교사란 자가 똥 멍청이, 개새끼군."

그러자 베트남 청년이 핸드폰으로 선교사에게 연락을 한다.

"지금 장로 두 마리가 왔습니다."

선교사를 도와 일을 하는 베트남 청년은 서툰 한국말을 더듬거리면서 말했다. 그 소리에 강 장로가 불끈하여,

"야! 이 개새끼야! 우리가 개, 돼지라도 되느냐. 두 마리가 뭐냐?"

하고 강 장로가 뺨을 씰룩거리면서 논두렁의 황소개구리처럼 아글자글 성난 목소리로 외쳤다. 그런 장로의 얼굴을 슬프고 얼뜬 표정으로 물끄러미 쳐다보던 베트남 청년이 다시 전화기에 대고 선교사에게 한마디 한다.

"지금 한 마리가 뭐라고 합니다."

늙은 암소 통곡하다

나는 산청마을의 한 마리 늙은 암소다. 마을 옆으로 산골짜기의 물이 뒷산 깊숙한 바위 틈새를 비집고 돌돌 흘러가는 정겨운 곳이다.

돌 틈을 날렵하게 헤엄쳐 다니는 송사리 떼를 혀로 쫓으면서 마시는 물맛도 기막히고 이따금 초록빛 물뱀이 혀를 스치는 멋도 있다. 나는 이곳에서 태어나 살면서 단 한 번도 불평한 적이 없었다.

이런 내가 요즘 끓어오르는 아픔을 토해 내야만 살 것 같다. 내게 아주 못된 짓을 하는 인간들을 너그러운 마음으로 지금까지 용서해 왔는데 이젠 도저히 참을 수가 없다. 어제 아침 갑자기 달개비 꽃 색 트럭이 와서 끔찍하게 사랑하는 내 새끼를 싣고 가버렸기 때문이다.

아직도 젖을 빨던 입김이 젖꼭지에 생생하게 서려 있는데 그 어린것을 어미에게서 강제로 떼어내다니! 인간이란 참으로 잔인한 존재다.

내 새끼가 떠난 황톳길을 멍하니 쳐다보다가 너무 가슴이 아파서 마구간을 빠져나와 무작정 산길을 따라나섰다. 내 새끼 판돈을 싸들고 하나뿐인 이집 외아들이 대학을 나와 대기업에 취직했는데 상사의 갑질로 얻어맞고 중환자실에 있다고 모두 서울로 가버렸다.

나처럼 인간들에게 당한 모양이다, 마구간을 벗어나도 막아서는 사람이 없다. 연분홍 메꽃이 입이 찢어지게 웃고 있는 신 새벽, 싱싱한 메꽃 잎이 식욕을 자극했다. 그래도 자식을 떠나보낸 어미가 무얼 먹는다는 것이 서글퍼서 꾹 참고 뚜벅뚜벅 걸었다.

미명에 잠이 덜 깬 텃밭 쥐가 머리를 쏙 내밀고 산새들이 조잘거려도 나는 조금도 즐겁지가 않았다. 한마디 불평도 없이 묵묵히 밭을 갈아주고 무거운 짐을 날랐던 남편은 인간의 식욕을 채워주는 먹잇감으로 팔렸고 재작년 태어난 아들은 보기 좋게 살이 찌자 우시장으로 끌려갔다.

암소의 일생이란 이별의 연속선상에서 살도록 태어난 걸 잘 안다. 열 마리도 넘는 자식들과 생이별했고 세 번이나 남편을 떠나보냈으니 말이다. 모두가 십자가에 못 박히듯 이집 외동아들 서울유학비로 다 소비된 셈이다.

새끼를 열이 넘게 낳은 아랫배와 자식들이 빨아서 축 늘어진 젖무덤을 산허리를 감도는 신비한 안개가 어루만지며

위로해 주었다. 헉헉거리며 산꼭대기에 올라 우뚝 서서 나를 아프게 하는 사람들이 사는 마을을 향해 목이 터지도록 외쳤다.

"나는 너희들을 사랑한다. 왜 나를 이렇게 착취하여 슬프게 하니. 이 땅 위에선 너도 나그네, 나도 나그네, 함께 서로 사랑하면서 평화롭게 살 수는 없겠니!"

아침 안개 속에 잠긴 산골 마을은 내 목소리를 먹으면서 깊은 정적 속으로 빨려 들어갔다.

李鍵叔

* 한국일보 신춘문예 당선, 서울대학교 독어과 졸업, 미국 빌라노바 대학원 도서관학 석사, 단편집:『팔월병』외 다수, 장편 『사람의 딸』외 9권, 들소리문학상, 창조문예 문학상, 현):크리스천문학나무(주간)

처칠인지, 개떡인지?

이주형

옛 속담에 돈만 있으면 개도 멍첨지라 했다. 돈이 있으면 처녀 불알도 살 수 있고, 귀신도 부릴 수 있다고 했다. 귀신도 부릴 수 있다는 말은 그 뒤에 '하물며 사람쯤이야!' 라는 생략된 뜻이 내포된 말이다.

영국의 처칠 수상이 겪은 일화도 좋은 예가 되리라.

처칠이 중요한 방송 시간에 맞추기 위해 택시를 불러 세웠다. 방송국까지 가자고 했으나 운전기사는 정중하게 거절했다. "저는 그렇게 멀리까지 갈 수가 없습니다. 미안하지만 다른 차를 이용해 주십시오." "아니. 어째서 그렇소?" 당황한 처칠이 그 이유를 물었다. 운전기사가 말했다. "손님, 보통 때면 좋습니다. 그러나 오늘은 한 시간 후에 처칠 경의 방송이 있기 때문에 그것을 꼭 들으려고 그럽니다."

처칠은 그 말에 기분이 좋아서 1파운드의 돈을 꺼내 주었다. 운전기사는 그 지폐를 보더니,

"다십시오, 손님. 처칠인지 개떡인지 돈부터 벌고 봐야겠습니다." 하고 차를 몰았다.

돈과 사랑은 사람을 철면피로 만든다. 오늘의 세태가 바로 그렇다. 돈이 말하면 진실이 침묵한다더니 이 시대의 양심과 도덕은 침묵하고 있는 것일까.

예전의 우리 조상들은 황금 보기를 돌같이 하라는 가르침을 받으며 컸다. 선비들은 돈에 관한 이야기를 입에 올리거나 만지는 일조차 꺼렸다. 돈이 모든 악의 근원인 까닭에 경계했던 때문이다.

내가 사회에 첫발을 딛을 당시에도 오랜 인습 탓에 신입사원은 급여 액수를 묻지 않는 것이 일반적인 사회통념이었다. 현 시점에서 보면 구시대의 고리타분한 이야기라는 비아냥거림을 면치 못할 수도 있으리라.

내가 첫 직장에서 받은 월급은 8천 원이었다. 돌이켜 생각하면 미미하기 짝이 없는 액수다. 그래도 내 또래의 사람들은 그런 정도 안팎의 월급으로 부지런히 저축하며 살았다. 때로는 자식들을 가르치노라 허리띠를 졸라매었고, 중동 건설 현장이나 독일의 광부와 간호사로 이역만리 타국에서 비지땀을 흘리며 살기도 했다. 비록 풍요롭지는 않았으나, 부끄럽지 않게 건강한 삶을 살았노라고 자부한다.

노점상이나 김밥 장사로 어렵게 모은 전 재산을 사회에 내놓은 할머니들의 이야기는 무엇을 말하는가. 비록 자신들은 가난으로 배고픈 세월을 살았고 학교 문턱에도 가지 못했지만 후손들이 열심히 공부해 나라의 굳건한 기둥이 되기를 바라는 거룩한 뜻이 아니겠는가. 개같이 벌어 정승같이 쓰라는 옛 어른들의 말씀을 그대로 실천하는 이 나라의 할머니들이 참으로 자랑스럽다.

땀 흘려 일하지 않고 일확천금을 얻으려는 생각이야말로 도둑놈 심보와 다를 바 없다. 풍요 속의 빈곤은 곧 마음의 빈곤에서 비롯된다. 경제대란(IMF) 초기에 줄을 서서 금 모으기 운동에 참여했던 초심으로 돌아가야 한다. 21세기를 여는 새해를 맞으며 무엇이 올바른 삶이고, 나의 길은 어디로 향하고 있는가를 다시금 짚고 넘어가야 하리라.

서울농대 졸업, 연세대학원 수료, 한국문협 회원, 한국예총 고양 지부부회장, 수필집 「거북이 인생냄」, 「진·간·꼭」

그리움

오경자

    사람의 기억 속에 그리움으로 남아있는 것들은 어떤 것
일까? 잘라 말하기 어렵겠지만 분명한 것은 싫지 않은 기억
으로, 잊고 싶지 않은 마음 속 사진일 것 같다. 고령화 시대
에 희수가 무슨 벼슬일 것도 없는데 아이들이 신경을 쓰고
어미를 어떻게 기쁘게 해 줄까 얘기들을 많이 한 모양이다.

    입시문제로 정신이 없을 손자가 축하한다는 달랑 한 줄
이 아닌 꽤 정성스런 글을 담은 카드를 주고 갔다. "어렸을
때 할머니가 해 주신 저녁 메뉴 중에 명란젓과 스팸은 그리
운 맛으로 제 마음 속에 남아 있어요. 앞으로 좋은 소식으로
기쁘게 해 드리겠다"는 덕담으로 마치고는 낙엽이 남아있는
산을 바라보며 손자가 썼노라고 끝을 맺었다.

    어머나 애 좀 봐라!

    낙엽이 남아 있는 산을 바라본다는 표현이 신기해 입을
떠벌쭉 벌린 채 한동안 말을 잊은 할미는 손자바보임에 틀림
이 없다. 아이를 줄곧 돌보는 안사돈의 노고를 좀 덜어드리

려고 일주일에 한 이틀 정도를 우리가 당번이 되기로 했는데 그런 날도 일이 있으면 남편에게 아이를 맡겨 놓고 저녁시간에 허둥대며 들어가 저녁상을 차리곤 했다.

그럴 때면 식재료의 손질에서부터 시작하는 성성스런 요리(?)는 엄두를 내기 힘든 터라 부드러운 명란과 스팸 등을 자주 해주었던 모양이다.

명란은 할아버지 빈찬으로 가늘게 썬 파 채에 참기름 한 방울 떨어뜨려 간단히 상에 올렸더니 아이가 자꾸 달라 해서 먹여 본 것이 시초였다.

스팸은 꺼내서 살짝 굽기만 하면 되니 역시 간편하고 맛과 영양이 모두 괜찮아 먹었다고 기억된다. 그러다가 명란을 익혀서 아이에게 자주 주었던 모양이다.

오히려 미안한 일일 수 있는데 잊고 있던 일을 아이는 그리운 맛으로 마음 속에 담고 있다니 기막힌 일이 아닐 수 없다. 이제 저 아이에게 훗날 그리움으로 꺼내 볼 무엇을 저 푸른 가슴 속에 심어 줄 수 있을까? 그저 저를 바라보며 헤벌쭉 웃을 줄밖에 모르는 이 할미의 고민은 깊어만 간다.

「수필문학」 등단, 수필집 『바퀴 달린 도시』, 한국문인협회, 국제펜 한국본부 회원, 수필문학상, 한국크리스천문학상, GS문학상 수상, 고려대학교 사회교육원 교수

오빠생각 고향의 봄

〈오빠 생각〉
뜸북 뜸북 뜸북새 논에서 울고
뻐꾹 뻐꾹 뻐꾹새 숲에서 울 때
우리 오빠 말 타고 서울 가시며
비단구두 사가지고 오신다더니

기럭 기럭 기러기 북에서 오고
귀뚤 귀뚤 귀뚜라미 슬피 울건만
서울 가신 오빠는 소식도 없고
나뭇잎만 우수수 떨어집니다

이 시를 모르는 사람이 있을까요?

거의 국민가요 수준에 이른 이 시를 노래한 가수만 해도
여럿입니다.

그러나 이 시가 12살 소녀에 의해 씌어졌다는 사실을 알
고 있는 사람은 그리 많지 않은 듯합니다.

최순애(1914~1998),

1925년 11월, 12살의 소녀 최순애는 〈오빠생각〉으로 당시 방정환 선생이 내던 잡지 [어린이]의 동시란에 입선자가 됩니다.

그 다음 해 4월, 14세 소년 이원수(1911~1981) 역시 〈고향의 봄〉으로 이 코너의 주인공이 됩니다.

시를 보고 크게 감동을 받은 열두 살의 소녀 최순애가 이원수에게 편지를 띄우기 시작하여 마산 소년 이원수와 수원 소녀 최순애는 펜팔친구가 됐고, 서로 얼굴도 모르면서 결혼 약속까지 했답니다.

펜팔한 지 7년 후 수원역에서 만나기로 하였는데, 약속한 날에 이원수 선생님이 나타나지 않았다는 것입니다. 당시 이원수는 독서회를 통해 불온한 활동을 했다는 이유로 일경에 구속되어 1년간 감옥에 있었던 것입니다.

최순애의 집에서는 이런 예비 사위가 못마땅해 다른 혼처를 알아보고 권해 보았건만, 최순애는 완강히 거부하다 1년 후에 이원수가 풀려나고 최순애의 집으로 달려오면서 1936년 6월에 결혼식을 치르고 슬하에 3남 3녀를 두면서 행복하게 잘 살았답니다.

요즘 세대에는 믿기지 않을 순애보입니다.

〈오빠 생각〉과 〈고향의 봄〉의 만남이라고 할까요.

노래가 만들어지기까지 '봄의 교향악이 울려 퍼지는 청라 언덕 위에'로 시작되는 이은상의 시 〈동무생각〉에 곡조를 붙이는 등 유명한 작곡가 고 박태준(1900~1986) 선생님은 최순애를 직접 만나보지는 못했다고 합니다.

다만 그녀가 훗날 이원수의 아내가 되었다는 소식만을 전해 들었을 뿐이었다고 합니다.

최순애 선생님이 살아생전 언론과의 인터뷰에서 시를 쓴 동기를 밝혔는데, 노래에 대한 그림이 그려지는 중요한 부분이라 올려 볼게요.

"그 당시 나에게는 오빠 한 분이 계셨다. 딸만 다섯에 아들 하나뿐인 우리 집에서 오빠는 참으로 귀한 존재였다. 오빠는 동경으로 유학 갔다가 관동대지진 직후 일어난 조선인 학살 사태를 피해 가까스로 돌아왔다. 그날 이후 일본 순사들이 요시찰 인물로 점찍고 늘 따라 다녔다. 오빠는 고향인 수원에서 소년 운동을 하다가 서울로 옮겨 방정환 선생 밑에서 소년운동과 독립운동에 열심이었다. 집에는 한 달에 한 번 정도밖에 오질 않았다. 오빠가 집에 올 때면 늘 선물을 사왔는데 한번은 '다음에 올 땐 우리 순애 고운 댕기 사줄게'라고 말하고 서울로 떠났다.

오빠는 뜸북새, 뻐국새 등 여름새가 울 때 떠나서 기러기와 귀뚜라미가 우는 가을이 와도 돌아오지 않는다. 서울 간 오빠는 소식조차 없었다. 과수원 집 딸인 그녀는 오빠를 과수원 밭둑에서 서울 하늘을 보며 그리며 울다가 돌아왔습니다. 그래서 쓴 노래가 바로 〈오빠 생각〉입니다.

　　5월은 가정의 달입니다.

　　5월 1일 근로자의 날,

　　5월 5일 어린이 날,

　　5월 8일 어버이 날,

　　5월 15일 스승의 날,

　　5월 17일 성년의 날,

　　5월 21일 부부의 날, (둘이 하나가 되는 날)

　　가정의 달을 맞이하여 아내 생각, 남편 생각, 자식 생각, 부모 생각, 가족 생각을 하면서 〈오빠 생각〉을 감상하시기 바랍니다.

출처

(Thinking of Elder Brother) - https://youtu.be/UKiUDoGSzfc

잉꼬네 집 부엉이 (2)

명준이가 안심이 되어 말했어요.

"다행이다!"

"그런데 앵무새 암컷이 화를 내면서 '우리 살기도 좁은데 어디서 같이 살자는 거야' 하면서 안 된다고 못 들어오게 했더란다."

"……."

내가 가만히 숨을 죽이고 있자 할머니가 물었어요.

"명준이 자니?"

"아니."

"할머니 이야기가 재미없어?"

"재미있어. 그래서 어떻게 되었어?"

"부엉이는 할 수 없이 잉꼬부부 둥지에 들어가지 못하고 숲속 큰 나무 밑동에 뚫린 구멍으로 들어갔단다."

"거기는 춥지 않을까?"

"추웠지, 겨울이 지나고 봄이 오자 앵무새 수컷이 먹이를 찾아 돌아다니다가 그 나무 밑동에 있는 부엉이를 보았단다."

"반가웠겠네?"

할머니는 한참 동안 가만히 계셨어요.

그래서 내가 물었지요.

"할머니, 자?"

"안 잔다."

"그런데 왜 가만히 있어?"

"부엉이가 불쌍해서……."

"왜?"

"부엉이가 얼어 죽었더란다."

나는 갑자기 눈물이 났어요. 불쌍한 부엉이, 얼마나 추웠으면 나무 밑동에서 얼어 죽었을까요. 할머니도 부엉이가 불쌍하여 목멘 소리로 말했어요.

"이제 그만 자자."

나는 할머니 품에 꼭 안겨 잠이 들었어요. 그런데 아침에 일어나 보니 할머니는 벌써 일어나 나가시고 안 보였어요. 아빠가 문 밖에서 아침 인사를 하셨어요.

"어머니, 편히 주무셨어요?"

내가 대답했지요.

"할머니 자리에 안 계셔요. 벌써 나가셨나 봐요."

"언제 일어나셨나?"

"몰라요."

아빠가 화장실을 노크해 보고 여기저기 돌아다니시며 할머니를 찾으셨어요. 그런데 할머니가 안 계신 거예요. 내가 크게 할머니를 불렀지요.

"할머니이! 할머니이!"

할머니는 집안에 안 계셨어요. 아빠하고 나하고 할머니를 찾는데 옆집 아줌마가 급히 찾아와 물었어요.

"혹시, 우리 따리 못 보셨나요?"

내가 말했어요.

"아줌마, 우리 할머니 못 보셨어요?"

아줌마는 화난 것같이 말했어요.

"조그만 게 뭘 안다고 이래? 우리 따리가 없어져서 속상해 죽겠는데 할머니를 왜 나한테 묻니?"

옆집 아줌마가 팩하고 돌아가자 아빠는 할머니를 찾으러 동네 공원으로 나가셨어요. 아빠는 공원으로 경로당으로 돌아다니다가 돌아오셨어요. 엄마가 걱정스럽게 물었어요.

"왜 혼자 오세요?"

"아무데도 안 계시었소."

할머니가 안 계신 집은 갑자기 빈집 같았어요. 나는 할머니가 친하게 지내시는 자라할머니 생각이 났어요.

"엄마, 내가 할머니 찾아보고 올게요."

"네가 어디서 찾는다는 거야?"

"자라할머니한테 가 볼 거여요."

"자라할머니가 뭐냐?"

"목이 쏙 들어간 할머니인데 나만 보면 자라고 하시는 할머니가 있어요."

"너 혼자 다녀올 수 있겠니? 어딘지 나도 같이 가 보자."

엄마는 걱정이 많이 되시는 것 같았어요. 자라할머니 댁은 동네 골목을 몇 번 돌아야 되거든요. 엄마가 물었어요.

"이렇게 먼 곳을 너 혼자 오겠다고 했니?"

"혼자 갈 수 있어요."

엄마가 마을 게시판을 보면서 들릴 듯 말 듯 하게 말했어요.

"저게 뭐야? 개를 찾자고 사례금을 백만 원씩이나 준다고?"

내가 물었어요.

"엄마, 그게 무슨 말이야?"

"넌 몰라도 돼."

"개를 찾는다고 한 거야?"

"그렇구나. 옆집 아줌마가 따리를 찾아주는 사람한테 백만 원씩이나 준다는구나."

"엄마, 우리도 할머니 찾아주면 돈 준다고 하면 안 될까?"

"무슨 돈이 있어서……."

"따리 같은 작은 개를 찾는데도 돈을 많이 준다는데 할머니를 찾아주면 더 많이 주어야 할 거 아니야?"

"……"

엄마는 아무 말도 안 하고 따라오고 나는 자라할머니 집으로 갔어요.

"할머니!"

할머니가 내다보셨어요.

"아니, 명준이 아니냐?"

"네."

"웬일로 이렇게 일찍 온 거냐?"

엄마가 대답했어요.

"죄송해요. 혹시 우리 어머님이 오셨나 해서 찾아왔습니다."

"할머니를……? 무슨 일이 있어요?"

"집을 나가셨는데 어디 계신지 알 수가 없네요."

자라할머니가 걱정스런 듯 말했어요.

"이 힐망구가 어딜 간 거야? 귀도 안 들리는 사람이."

"여기도 안 오셨나 보군요. 할머니, 죄송합니다."

엄마는 내 손을 잡고 집으로 돌아왔습니다. 아빠가 걱정
스런 얼굴로 물었습니다.

"어떻게 되었소?"

"거기도 안 계신데요."

"혹시 형님 댁으로 가신 건 아닐까?"

아빠는 큰아버지 댁으로 전화를 했어요. 거기도 안 오셨
다고 하자, 엄마가 고모님 댁으로 전화를 했지만 거기도 안
오셨다고 했어요. 잠시 후에 큰아버지가 오시고 뒤따라 고모
님이 오셨어요. 고모님이 말했어요.

"어머니를 어떻게 모셨기에 집을 나가시게 했어요?"

아빠가 대답했어요.

"내가 잘못 모셔서 그랬다."

고모가 엄마를 보고 말했어요.

"올케가 또 뭐라고 하신 건 아니시지요?"

엄마가 골난 얼굴로 말했어요.

"내가 뭐, 잘못 모시기라도 했나요?" (다음호에 계속)

미국의 마인드를 알고나 행동하자.

대한민국의 근대사를 이 정도는 알아야 대한민국 국민이다.

귀속재산이란 무엇인가 ? 우리가 반드시 알아야 할 그 진실을 들여다보자.

귀속재산(Vested Property)이란 명칭은 미군정이 지은 것이다. 일제가 조선에 쌓아놓은 재산을 미국이 모두 빼앗아 대한민국 정부에 그 소유권을 넘겨준 재산이라는 뜻이다.

한국과 일본 사이에는 금전적, 비금전적 손익계산서가 존재한다. 그 중에서 가장 으뜸가는 것이 바로 《귀속재산》이다. 이 명칭은 미군정이 지은 것이다.

2015년 10월, 성균관대 이대근 명예교수는 《《귀속재산연구: 식민지 유산과 한국경제의 진로》》(이숲, 682쪽)의 저서를 냈다. 아래에서 그 내용 일부를 요약한다.

일본인들이 놓고 간 국내 기업들

두산그룹, OB맥주, 하이트맥주, 한화그룹, 해태제과, 동양시멘트, SK그룹, 삼호방직, 신세계백화점, 미도파백화점, LG화학, 쌍용그룹, 동국제강, 삼성화재, 제일제당, 대성그룹, 동양제과, 대한조선공사, 동양방직, 한국생사, 한국주택공사, 벽산그룹, 한국전력, 일신방직, 한진중공업, 대한통운, 한진그룹, 대한해운, 동양화재해상보험, 메리츠화재해상보험, 중외제약 등.

국민 중에서 이 금전적 항목이 존재했다는 사실을 아는 사람은 드물다. 이 귀속재산이 무엇인지 아는 순간, 사람들은 재산을 만든 일본인과 이를 빼앗아 우리에게 넘겨준 미국에 대해 감사하는 마음을 가질 것이다.

1945년 해방직후, 일본은 그들이 36년 동안 선택의 여지가 없이 조선에서 태어난 조선인들을 고용하여 조선 땅에 건설해 놓은 수풍댐, 철도, 도로, 항만, 전기, 광공업, 제조업 등 여러 분야의 사회간접자본을 고스란히 남겨둔 채 강제로 추방당했다. 아울러 일본인들이 조선에서 운영하던 기업재산과 개인재산 모두를 그대로 두고 〈몸〉만 빠져나갔다.

북조선에는 29억 달러어치의 공공재산, 남한에는 23억 달러어치의 공공재산이 한순간 횡재로 조선에 굴러 들어왔다. 남한에 쌓인 23억 달러어치의 일본재산은 미군정이 이승만 정부에 이양했다.

이는 당시 이 돈은 남한경제 규모의 80% 이상을 차지했다. 한마디로 이 귀속자산이 없었다면 당시 한국경제에는 그 실체가 없었다.

이로부터 만 20년 후인 1965년, 박정희 정부가 일본으로부터 무상으로 공여 받은 액수는 3억 달러, 위의 23억 달러는 이 3억 달러의 약 8배였다. 이 엄청난 자산을 미국이 일본으로부터 빼앗아 한국에 주었다는 사실을 우리는 꼭 알아야 한다.

우리는 묻지 않을 수 없다. 이씨 조선 518년을 대대로 통치해온 27명의 조선시대 왕들이 이룩해 놓은 자산이 무엇이 있었는가를~ 도로를 닦아놓았는가? 철로를 건설해 놓았는가? 기업이 생겨날 수 있는 여건을 만들어 놓았는가? 한글 단어장 하나 마련해 놓았는가?

그 27명의 조선왕들은 길을 넓게 닦으면 오랑캐가 침입한다고 믿었다. 그래서 있던 길도 없앴다. 선조는 임진왜란 내내 중국으로 망명할 생각만 했다. 이 27명의 왕들은 조선의 백성, 노예들의 골만 빼먹었다. 조선왕들이 518년 동안 쌓아울린 재산은 초가집, 도로 없는 서울, 똥오줌으로 수놓은 소로, 민둥산, 미신, 거짓과 음모를 일삼는 미개인들이 공존하는 기두리 땅에 불과했다.

급기야 고종과 민비 일족은 부정부패로 나라를 거덜냈고, 이권이 되는 것은 외국에 마구잡이로 팔았으며, 결국 왕과 왕족, 고관대작, 지방유지들은 일제로부터 한 평생 호의호식할 수 있는 거금의 경제적 혜택과 높은 작위를 받고 묵묵부답으로 묵종하며, 〈총 한 방 못 쏘고〉 나라를 넘겼다. 하지만 일본은 불과 36년 동안에 조선 땅에 52억 달러어치의 재산을 쌓아올렸다.

이 엄청난 재산 중 남한지역의 23억달러를 미국이 빼앗아 보관했다가 대한민국 건국자 이승만에게 선물처럼 주었다. 미국은 스스로 지키지 못했던 땅도 빼앗아 주었고, 조선인들로서는 꿈조차 꾸지 못했던 천문학적 규모의 재산도 빼앗아 주었다. 이 두 가지 구체적 선물에 대해 우리는 빼앗아 준 미국과 돈을 만들어 준 일본 모두에 감사의 마음을 가져야 했다. 이 중요한 사실이 묻혀 왔기 때문에 우리는 배은망덕한 국민이 되었다.

이런 자료들은 국사편찬위 사료관에 보관돼 있다. 역사의 진실이 밝혀지길 두려워하며 긴 잠을 자고 있는 것이다. 미군정은 처음, 사유재산을 압류대상에서 제외했다가 매우 다행하게도 곧 이어 사유재산까지도 압류했다(군정법령 제8호, 1947.10.6.제정).

공적-사적 재산 목록이 170,605건, 이승만 정부에 넘겨줄 때까지 3년 동안 미군정은 고생을 했다. 엄청난 관리 인력과 재정이 필요했기 때문이었다. 미군정에 인수되지 않고 농림부 등에 등록되어 있던 또 다른 일본인 재산이 121,304건에 이른다. 이 모두를 합한 총 재산은 291,909건이었다.

미국은 어느 정도로 일본인을 발가벗겨 보냈는가? 미군은 퇴각하는 일본인들의 주머니를 뒤져 지폐까지도 압수했다. 귀국하는 일본인이 소지할 수 있는 돈의 액수를 극도로 제한했다.

민간인은 1,000엔, 군장교는 500엔, 사병은 250엔 이상 소지할 수 없었다. 미군은 부산항을 통해 귀국하는 일본인의 주머니를 검열했다.

1945년 말까지 한반도에서 일본으로 돌아간 민간인은 47만여 명이었다. 하지만 주한미군사령부 정보참모부가 1945년 11월 3일에 작성한 〈G-2 Periodic Report〉 54호에 의하면 일부의 일본인들이 150엔을 주고 밀항선을 이용하기도 했다. 하지만 밀항선을 타고 탈출한 일본인 숫자가 과연 얼마나 되었겠는가? 우리가 기억해야 할 핵심은 미국이 일본인들을 무산계급으로 만들어 겨우 몸만 돌려보냈다는 사실이다. 조선반도에서 이렇게 빈손으로 본토로 돌아간 일본인들은 전후 일본의 큰 사회문제가 되었다.

일본인들이 남겨두고 간 그 많은 주식회사 급 기업들은 그 후 어떻게 되었는가? 대부분 그 회사 직원이거나 관련이 있던 친일 조선인들에게 헐값으로 불하되어 오늘날 대한민국의 대기업들로 성장했다. 오늘의 우리 대기업들은 거의 예외 없이 일본기업들 이었다. 조선인들이 세운 업체는 작은 '상회'라는 이름을 단 개인 가게들이었다.

아래의 사례들은 현 우리나라 대기업들이 해방 이후 맨땅에 헤딩해서 창조한 것들이 아니라는 것을 웅변할 것이다.

'쇼와 기린맥주'는 당시 관리인이었던 박두병에게 불하되어 두산그룹의 계열사인 'OB맥주'가 되었다. '삿포로 맥주'는 명성황후의 인척인 민덕기에게 불하되어 '조선맥주'가 되었다(1998년에 하이트맥주로 상호 변경). '조선유지 인천공장 조선화약공판'은 당시 직원이었다가 관리인이 된 김종희에게 불하되어 '한화그룹'의 모태가 되었다. 삼척의 '코레카와 제철소'가 해방 후 '삼화제철'로 상호 변경되어, 장경호에게 불하되어 '동국제강'이 되었다. '조선제련'이 구인회에게

불하되어 '락희화학(LG화학)'이 되었다. '오노다 시멘트 삼
척공장'은 이양구에게 불하되어 '동양시멘트'가 되었다. '조선
연료, 삼국석탄, 문경탄광'이 김수근에게 불하되어 '대성그룹'
의 모태가 되었다. '아사노 시멘트 경성공장'이 김인득에게
불하되어 '벽산그룹'이 되었다. '경성전기-남선전기-조선전
업'이 해방 후 합병되어 '한국전력'이 되었다. '조선우선'이 직
원이던 김용주에게 불하되어 '대한해운'이 되었다. '선경직물'
은 공장의 생산관리 책임자이던 최종건에게 불하되어 'SK그
룹'의 모태가 되었다. SK그룹은 1939년 조선의 일본인 포
목상이 만든 조선에서 만주로 직물매매 하던 선만주단(鮮滿
紬緞)과 일본의 교토직물이 합작해 만든 선경직물로부터 시
작됐다. '선경'이란 이름은 선만주단의 '鮮'과 교토직물의 '京
'를 따서 지은 것이다. '경기직물과 조선방직'이 대구에서 비
누공장을 운영하던 김성곤에게 불하되어 '쌍용그룹'의 모태
가 되었다. '동양방직'은 관리인이던 서정익에게 불하되었다.
'아사히견직'은 부산공장장이었던 김지태에게 불하되어 '한국
생사'가 되었다. '가네보방직 광주공장'이 김형남, 김용주에
게 불하되어 '일신방직'이 되었다. '동립산업'이 관리인이었던
함창희에게 불하되었고, 제일제당 (현CJ)이 이를 흡수했다.
'쥬가이'제약은 서울사무소 관리인에게 불하되어 현 '중외제

약이 되었다. '조선주택영단'이 '한국주택공사'가 되었다. '조선미곡창고 주식회사'가 해방후 '한국미곡창고 주식회사'가 되고, 후에 '대한통운'이 되었다. '조선중공업주식회사'가 해방 후 '대한조선공사'가 되었고, 후에 한진그룹에 편입되어 '한진중공업'이 되었다. '한국저축은행'은 정수장학회의 설립 멤버이기도 한 삼호방직의 정재호에게 불하되었다. '조선생명'이 이병철에게 불하되어 '삼성화재'가 되었다. '조선화재 해상보험'이 '동양화재 해상보험'이 되었다가, 지금 '메리츠 화재해상보험'이 되었다. '미쓰코시 백화점 경성점'은 이병철에게 불하되어 '신세계 백화점'이 되었다. '조지아 백화점'이 '미도파 백화점'이 되었다. 나가오카제과(永岡製菓)는 직원이던 박병규 등에게 불하되어 '해태제과 합명회사'가 되었다. '모리나가 제과와 모리나가 식품'이 해방 후에 '동립식품'으로 상호 변경되어 운영되다가, 1985년에 '제일제당'에 병합되었다. 토요쿠니제과'가 해방 후에 '풍국제과'로 상호 변경되어 운영되어오다가 1956년에 동양제과(오리온)에 병합되었다.

이외에도 내로라하는 한국기업들은 거의가 다 일본인이 설립 운영하던 회사라고 생각하면 큰 무리가 없다. 조선인이 설립 운영하던 큰 기업은 김성수, 김연수 집안에서 설립한

'경성방직', '삼양사' 정도를 제외하면 대부분 '商會'라는 이름을 달고 있었다. 화신상회, 개성상회, 경성벽지 등이다.

일본이 팽개치고 나간 회사들을 조선인들이 이승만 정부로부터 '불하'란 명목으로 헐값에 인수했다. 그래서 이들 중 일부는 1961년 5.16군사혁명 후 정경유착에 의한 '부정축재자'로 몰렸다. 일본인들은 얼마나 속이 쓰렸겠는가? 반면 불하받은 사람들은 어떤 '횡재'를 했는가? 그래서 일본은 샌프란시스코 조약 체결단계에서 남조선에 두고 간 23억 달러 어치의 재산에 대한 청구권을 요구했다.

해방 직후 북한을 선점한 소련은 군정을 통해 북한에 건설된 발전소, 공장 등을 계속 운영하기 위해 그것들을 건설하거나 운영해온 일본인 기술자들을 확보하는 데 공을 들였다. 소련군정은 만주에 주재한 '일본피난민단장'과 협의하여 북조선에 있던 모든 기계-설비를 계속 운영할 수 있도록 일본 기술자들을 북조선에 남게 해달라고 사정했다. 일부는 억류했다. 친일파가 남아 북의 재건을 도운 것이다. 그들이 건설하고 애지중지 운영해오던 기계-설비들에 대한 엔지니어로서의 애착심에 호소했다고 한다. 그 결과 1946년 1월 현재 총 2,158명의 기술자들을 일본으로의 즉시 귀국을 막고 북조선에 잔류시키는데 성공했다. 스탈린은 당초 북조선에 있는 설비들을 소련으로 옮기라 명령했고, 소련군정은 중요한 기계들을 분해하여 포장한 후 소련으로 반출하기 시작했다. 하지만 국경을 넘기 직전 다시 스탈린으로부터 반출을 중단하라는 긴급 지시가 떨어졌다한다. 세간에는 당시 소련이 북조선 기계들을 모두 뜯어 소련으로 가져간 것으로 알려져 있다. 그러나 이는 사실과 다르다. 그렇다면 스탈린은 왜 마음을 바꿨을까? 전문가의 말에 의하면 스탈린은 이 당시 이미 6.25전쟁을 염두에 두고 있었기 때문이었을 것이라 한다.

6.25전쟁을 치르려면 북조선에서 병기를 비롯한 군수물자를 자체 생산해야 하고, 그를 위해서는 기계-설비들이 필요하다고 판단했을 것이란 해석이다. 산의 나무도 귀속재산이었다. 또한 조선의 산은 민둥산이었다. 여기에 일본은 과학의 힘으로 경제성 있는 나무들을 심었다. 지금도 일본에 가면 산마다 쭉쭉 뻗어 올라간 경제목들이 들어차 있다. 해방 당시 전국의 산에는 일본이 심은 나무들이 밀림을 이루고 있었다. 지금 광릉(수목원)에 보존된 나무들이 바로 일본의 작품이다.

그런데 이승만 정부가 들어서고, 전후방에 군부대들이 우후죽순 식으로 들어서면서 '후생사업'이라는 것이 활기를 띠었다. 당시는 군대가 판을 치던 시대였다. 역대 사단장들이 너도나도 덤벼들어 군 후생을 빙자해 벌목을 했다. 거목들을 베어내 시장에 팔아 자금을 마련해 여러 가지 목적으로 사용했다. 대한민국 산이 다시 민둥산으로 변한 것이다.

이에 박정희 정부 농림장관인 장경순 씨가 대통령의 명을 받고 나무를 대대적으로 심었지만 그 나무들은 일정시대의 산림처럼 경제림이 아니었다.

포항제철 사례에서 보듯이 공업 분야에서는 일본으로부터 기술지원을 대대적으로 받았지만, 나무를 심는 식수계획에서는 일본기술의 지원을 받지 못했던 것이다. 장경순 씨의 이야기로는 수종선택은 토종기술에 의존했다고 한다.

그나마 푸른 산을 푸르게 계속 유지시키기 위해서는 나무를 대체할 수 있는 땔감의 개발이 필요했다. 1960년대, 19공탄이 산림훼손을 저지하기 시작했다. 강원과 문경 등지의 탄광에서 서울과 대도시로 직행하는 열차에는 석탄이 실렸고, 그 후부터 산은 푸르게 우거지기 시작했다.

그런데 영국에서는 영조시대인 1750년대에 석탄이 나무를 대체했다. 영국이 한국을 210년 정도 앞서 간 것이다. 이런 부끄러운 격차를 만들어 낸 주역은 1961년에 정권을 잡은 박정희가 아니라 조선의 왕들이었다. 일본이 가꾼 산림,

비록 금전적으로 환산은 될 수 없지만 어마어마한 자산이었음에 틀림없다. 그것도 귀속재산이라 할 것이다. 오늘의 대한민국은 일본과 미국의 덕분이다. 제대로 알고나, 반미 시위를 하자.

(이 글은 한국근현대사연구회가 스마트폰에 제공한 것을 너무 좋은 정보여서 이 스마트 북에 올렸습니다. 한국근현대사연구회에 양해를 구하며 감사드립니다.)

졸업식 노래의 탄생

(1946년 6월 6일)

해방된 지 겨우 1년. 중앙청에 성조기가 나부끼고 미군 육군 중장이 38도선 이하의 조선 땅을 통치하던 무렵, 군정청 편수국장 직함을 갖고 있던 외솔 최현배가 한 아동문학가를 찾았다.

"여보 석동, 노래 하나 지어 주시게."

석동이라는 아호를 가진 이 사람의 이름은 윤석중(尹石重)이었다. 석동이라는 아호는 어느 신문에선가 그를 소개하면서 윤석동(童)이라고 잘못 쓴 걸 보고 춘원 이광수가 "석동이라는 아호가 좋네, 누가 지어 준 거요?"라고 칭찬하면서 그대로 아호가 돼 버렸다고 한다.

"졸업식 때 쓸 노래가 마땅하지 않소. 그래서 외국 곡을 이것저것 가져다 쓰는 형편이니 석동이 하나 지어 줘야겠소?"

윤석중은 해방 직후 "새 나라의 어린이는 일찍 일어납니다. 잠꾸러기 없는 나라 우리나라 좋은 나라"를 작사하여 해

방된 조선의 어린이들이 목청껏 '새나라 우리나라'를 부르게
해 주었던 그 사람이었다.

최현배가 보기에 일제 때부터 동요 작사가로 이름을 날린
윤석중은 졸업식 노래를 만들 최적임자였을 것이다.

윤석중이 누구시더라 고개를 갸웃거리는 분들을 위해서
노래 몇 개만 흥얼거려 보겠다.

"달 밝은 밤에 기러기들이……."
"엄마 앞에서 짝자꿍 아빠 앞에서 짝자꿍"
"기찻길 옆 오막살이 아기 아기 잘도 잔다."

그리고 어린이날만 되면 울려 퍼지는

"날아라 새들아 푸른 하늘을…….
오월은 푸르구나 우리들은 자란다."

이쯤 되면 아아 하면서 고개를 상하로 크게 흔드는 분이
많으실 것이다. 최현배가 졸업식 노래를 의뢰한 게 1946년
6월 5일이었다. 최현배의 부탁을 받자마자 윤석중의 머릿속
에는 시상(詩想)이 번득인 것 같다.

원래 악상(樂想)이나 시상은 배차 시간 쫓기는 기사가 모는 버스 같아서 제 때 손들지 않으면 휙 지나가 버리는 법. 윤석중은 그날이 가기 전에 가사를 완성한다.

"빛나는 졸업장을 타신 언니께
꽃다발을 한 아름 선사합니다.
물려받은 책으로 공부를 하며
우리들도 언니 뒤를 따르렵니다."

윤석중이 또 급히 찾은 것은 작곡가 정순철이었다.
바로 〈새 나라의 어린이〉〈엄마 앞에서 짝짜꿍〉의 작곡가. 정순철 작곡가의 아드님의 회고에 따르면 정순철 또한 가사를 받고 악상이 번개같이 스치고 지나간 것 같다.
허겁지겁 피아노를 두들기다가 악보에 콩나물을 급하게 그려 뛰어나가던 모습을 회상하고 있으니 말이다.
이 성미 급한 작사가와 작곡가는 설렁탕집에서 만났다.
"비이이잊 나는 조오올업장을 타신 언니께~~ 잘 있거라 아우들아 정든 교실아……."
원래 흥에 겨운 예술가들의 얼굴 두께는 빙산처럼 두터워지는 법. 설렁탕집에서 때 아닌 고성방가는 "거 조용히 합시다!"라는 지청구의 대상이 되고 말았다.

졸업식 노래는 그렇게 엉겁결에 탄생했다. 하지만 그 가사와 가락은 결코 엉성하지 않았다.

"빛나는 졸업장을 타신 언니께 꽃다발을 한 아름 선사합니다. 물려받은 책으로 공부를 하며 우리들도 언니 뒤를 따르렵니다." 하는 1절은 교과서도 제대로 없어 선배들 것을 물려받아 공부해야 했던 시대를 반영하고 있다. (그래서 요즘 시대와는 좀 맞지 않는다)

그런데 뭉클한 것은 2절이고, 사실 2절을 부를 때 졸업식은 눈물바다가 되기 일쑤였다.

"잘 있거라 아우들아. 정든 교실아.
선생님 저희들은 물러갑니다."
그리고 또 나오는 '새나라'
"부지런히 더 배우고 얼른 자라서
새 나라의 새 일꾼이 되겠습니다."

3절은 졸업이 아닌 다짐의 합창.
"앞에서 끌어주고 뒤에서 밀며
우리나라 짊어지고 나갈 우리들

강물이 바다에서 다시 만나듯
우리들도 이 다음에 다시 만나세."

당장 편수국 전 직원들 앞에서 이 노래가 처음 불리어졌고 열화와 같은 호응을 거쳐 졸업식 노래로 공표된 것이 1946년 6월 6일이었다.

이 노래는 역시 커다란 환영을 받으며 각급 학교에서 불려졌다. 때 아닌 돈벼락을 맞은 것이 당시로서는 몇 집 안 되던 꽃집들이라고 한다. 각급 학교 졸업식 때마다 꽃다발 주문 홍수가 일어난 것이다.

원래 윤석중의 의도는 '마음의 꽃다발'이었다고 하는데……. 그런데 이 윤석중 작사가와 정순철 작곡가는 한국 현대사의 격랑 속에서 크나큰 상처를 입거나 아예 실종되고 말았다. 윤석중의 아버지와 새어머니, 그리고 이복동생은 충남 서산에 살고 있었는데 새어머니 쪽이 좌익과 관련되었다고 한다.

전쟁 외중에 벌어진 피의 학살극에 윤석중의 가족은 몰살당하고 말았다. 윤석중이 원래 서산으로 피란 오려던 것을 아버지가 "전쟁 통에는 떨어져 있어야 누구든 산다."고 만류했다고 하는데 그것이 천행이었던 셈이다.

그러나 작곡가 정순철의 불행은 본인에게 찾아왔다. 다 피란 간 학교(성신여고)를 홀로 지키다가 거의 서울이 수복되던 9월 28일경 인민군에게 납북되고 만 것이다. 이후 그의 생사는 알려지지 않는다.

해월 최시형의 외손자이자 의암 손병희의 사위였던 그의 제삿날은 그래서 수복 다음날인 9월 29일이 됐다.

후일 막사이사이상을 받은 윤석중은 이렇게 연설한다.

"정말로 국경이 없는 것은 동심인 줄 압니다. 동심이란 무엇입니까? 인간의 본심입니다. 인간의 양심입니다. 시간과 공간을 초월해서 동물이나 목성하고도 자유자재로 이야기를 주고받으며 정을 나눌 수 있는 것이 곧 동심입니다."

간악한 일제 통치를 받을 때에도, 해방의 혼란과 설렘의 와중에서도, 자신의 일가족을 학살하고 절친한 작곡가의 생사를 가린 전쟁의 공포 속에서도, 가난의 무게가 전 국민의 어깨를 짓누르고 있었을 때에도 윤석중은 그 어둠을 밝힐 빛으로 '동심'을 찾고 있었는지도 모른다.

〈졸업식 노래〉는 그 중 하나였다.

요즘 졸업식에서는 '올드랭사인'을 많이 부른다고 알고 있다. 돌이켜보면 내가 고등학교를 졸업할 때에도 "오랫동안 사귀었던……"을 불렀다. 왜 그렇게 바뀌었을까?

어느 철없는 문교부 당국자가 "요즘 세상에 누가 교과서를 물려주나? 바꿔!" 한 것인지 아니면 가사가 초딩스러워서 목소리 굵어진 청소년들이 부르기엔 좀 어색해서 그런 것인지 알 수 없다.

하지만 그것이 시대에 맞지 않는다면 가사를 조금 바꿔서라도 우리나라만의 졸업식 노래로 가꿔 갈 수도 있지 않을까.

제대로 교사(校舍)하나 갖추지 못한 천막 학교에서 손을 갈퀴로 삼아 일하면서도 자식만은 학교에 보내려던 퀭한 눈의 부모 앞에서 얼키설키 만든 꽃다발을 든 졸업생들이 "잘 있거라 아우들아 정든 교실아 선생님 저희들은 물러갑니다."를 부르다가 끝내 엉엉 울고 "냇물이 바다에서 서로 만나듯"을 젖은 목소리로 함께 하던 졸업식 풍경은 수 세대에 걸쳐 우리나라 곳곳에서 행해진 살가운 역사의 한 페이지였다.

윤석중과 정순철 두 사람이 설렁탕집에서 부르며 만든 노래. 흘깃 떠올려도 아련한 추억이 슬라이드처럼 흘러가는 노래 〈졸업식 노래〉가 1946년 6월 6일 우리 곁으로 왔다.

논개(論介)에 대한 오해

논개의 본명은 '주논개'입니다.

조선시대 1574년 전라북도 장수에서 선비였던 부친 주달문과 모친인 허씨 사이에서 둘째로 태어난 반가의 여식이었습니다. 부친이 일찍 세상을 뜨자 숙부의 집에 어머니와 함께 몸을 의탁하고 지냈는데 어린 나이지만 용모가 출중하고 재주와 지혜가 뛰어났으며 시문에도 능했다고 전합니다.

평소, 이를 눈여겨 보아왔던 장수 고을 어느 부호가 논개를 어여삐 여겨 민며느리로 삼고자 그에 대한 대가로 그녀의 숙부에게 쌀 50석을 지불하였습니다. 그러나 논개 모녀는 이를 거부하고 모친의 고향인 경상도 땅으로 도주해 어느 지인의 가택에 숨어 지냈다고 합니다.

하지만 수소문해 추적해 온 고을 부호에게 발각되어 장수 현감에게 넘겨져 재판을 받게 되었던 것입니다. 당시 고을 현감으로 충의공 최경회라는 사람이 있었습니다.

넉넉하고도 고매한 인품의 소유자였던 그는 논개 모녀의

억울하고도 딱한 처지를 소문으로 듣고 있던 터였기에 명판결 끝에 무죄석방하였으며 오갈 데 없는 그들의 처지를 딱하게 여겨 자신의 관저에서 기거할 수 있도록 배려까지 해주었다고 합니다.

논개가 성인이 되면서 아리따운 처자가 되어갈 무렵 장수현감 최경회는 부인과 사별하고 혼자 몸이 된 외로운 처지였습니다. 평소 아름답게 보아온 논개의 모습을 마음에 담아두고 있던 현감 최경회는 넌지시 자신의 마음을 그녀에게 알렸고 논개의 승낙을 받아내자 곧바로 자신의 후부인(후처)으로 맞아들였던 것입니다

그 후 임진왜란이 일어났는데 현감 최경회는 전라도 의병장이 되어 의병을 모집해 훈련을 시키고 있었습니다. 훗날 조정에서는 최경회의 공로를 인정하여 경상도 병마절도사(종2품)에 봉하고 경상도 지역 병권을 줌으로써 왜구와 맞서게 했으나 격전지에서 그만 순국하고 말았습니다.

남편을 잃고 비통해 하던 논개는 애국과 남편의 복수를 동시에 실현할 방법으로 왜장을 죽일 것을 결심하게 됩니다. 왜군 장수들이 승전에 도취되어 연회에서 술에 취해 있을 때 논개는 자신의 눈부신 용모를 기생으로 분장하여 가파른 바위 끝에 서서 왜군의 장수를 유혹했던 것입니다.

모두들 겁을 먹고 절벽에 가까이 하기를 두려워했지만 적장의 우두머리는 자신의 용기를 과시라도 하듯 논개에게 접근을 시도했습니다. 누개는 자신의 계획대로 열 손가락에 가락지를 낀 채 적장을 끌어안고 진주 남강에 뛰어들어 꽃다운 나이를 그렇게 조국에 바쳤습니다.

학창시절에 배웠던 변영노 시인의 '논개'라는 시를 다시 한 번 기억해 보았습니다. 논개가 기생이었다는 잘못된 현장 기록 때문에 그녀의 존재가 안타깝게도 정사에는 오르지 못하게 되었다는 「어우야담」의 저자 유몽인의 지적도 있었습니다. 논개는 분명 해주 최씨인 경상도 병마절도사(종2품의 벼슬) 최경회의 엄연한 후부인이며 선비 주달문과 모친인 허씨 사이에서 태어난 반가의 여식으로 열녀이자 뜨거운 애국충정 열사였던 것입니다.

여기, 그녀의 충열을 기린 변영노 시인의 멋진 시가 있어 올립니다.

1. 거룩한 분노는 종교보다도 깊고
   불 붙은 정열은 사랑보다도 강하다
   아, 강낭콩 꽃보다도 더 푸른
   그 물결 위에 양귀비 꽃보다도 더 붉은
   그 마음 흘러라

2. 아리땁던 그 아미(蛾眉) 높게 흔들리우며
   그 석류 속 같은 입술 죽음을 입맞추었네
   아, 강낭콩 꽃보다도 더 푸른
   그 물결 위에
   양귀비 꽃보다도 더 붉은 그 마음 흘러라
3. 푸르른 강물은 길이길이 푸르리니
   그대의 꽃다운 혼 어이 아니 붉으랴
   아, 강낭콩 꽃보다도 더 푸른
   그 물결 위에
   양귀비 꽃보다도 더 붉은 그 마음 흘러라.

협객 거지왕 김춘삼(1)

이 상 열

드라마 '왕초' 주인공 차인표와 실제인물 김춘삼씨

드라마 왕초 주인공 차인표와 거지왕 김춘삼

거지왕 김춘삼! 거지왕을 빼고 김춘삼에 대하여 누구냐고 묻는다면 모르는 사람이라고 할 것이다.

그러나 거지왕 김춘삼이라 하면 "아! 그 사람"하고 알아보는 사람이 많겠지만 그 대답은 각기 다른 것을 볼 수 있다.

어떤 사람은 일제하에서부터 해방과 6.25전쟁 후 5,60년대를 주름잡았던 김두한, 이정재, 시라소니, 이화룡과 더불어 어깨를 나란히 했던 주먹 1세대 협객 중 한 사람이라고 말하기도 하고, 전국 거지와 넝마주이, 부랑아, 양아치를 통합하고 그들을 위해 인생을 바친 고아의 아버지 거지왕초, 거지왕 또는 회장님, 총재라고도 했다. 한국 최초로 간척사업을 통해 바다와 임야를 개발하여 고아와 부랑아들을 선도하고, 이주를 시키고 결혼까지 시켜 삶의 희망을 준 고마운 분이라고도 전한다.

말년에는 공해추방운동을 위해 환경단체를 설립하고 이끈 개척자이자 사회사업가이며 진정한 애국자라 하기도 한다.

그밖에도 많은 사업과 별명이 따라다닌 별난 인생을 살아온 거지 인생이었다. 이런 그를 언론에서는 가만두지 않았다. 일거수일투족이 뉴스가 되고 작품의 소재가 되었다. 주먹과 거지 세계를 넘나들면서 많은 일을 추진해온 그에게는 색다른 별명을 안겨주었고 그것이 신문잡지, 방송, 영화계까지 관심을 두게 되었다. 마침내 영화로 제작 '거지왕 김춘삼'이라는 제목으로 1975. 1. 20일 국도극장에서 개봉하며 흥행에 성공한 작품이다.

1999.4.5~200.7.6까지 MBC 드라마 '왕초'로 방영되어 30%의 시청률을 올리기도 했다. 그 외에도 소설(4권), 만화로 연재되어 어린이에서부터 성인까지 입을 통해 오르내린 화제의 인물이었다. 하나 그 내용 면에 있어서는 문제가

많다. 어느 잡지에서는 독자의 흥미를 끌기 위해 뒷골목을 이끈 깡패 두목, 거지 대장, 양아치 대장, 바람둥이, 건달로 묘사되기도 했다.

또 어떤 삼류 잡지에서는 김춘삼은 거지를 등에 업고 물질을 착취해 호의호식하는 거지 황제라는 등 악의적인 글을 싣기도 했다. 하여간 거지왕 김춘삼은 한 시대 화제의 인물로 언론, 방송, 영화, 문학의 소재가 되기도 했다. 이렇게 많은 사람과 언론에서 말하고 있는 "거지왕 김춘삼"은 주위에서 일방적으로 붙여준 별명이 아니다.

전국지역 거지대장들과 주먹패, 넝마주이(재건대) 대장들이 서울 명동에 있는 '시공관'이라는 극장에 모였다. 이 모임은 진정한 한국의 거지와 부랑아, 양아치를 대표하는 거지의 아버지 거지왕을 선출하기 위해서였다. 이 중에는 5,60년대를 이끈 주먹 황제 김두한을 비롯해 알만한 얼굴이 많이 보였다. 물망에 오른 거지왕 후보는 두 사람이었다. 그중 김두한 대장은 투표하기 전 단상에 나와 "나는 자격이 없습니다. 주먹과 거지 세계를 넘나들면서 생활하였지만, 걸인들을 위하여 한 일이 없습니다. 그러나 여기 김춘삼 대장이야 말로 거지와 부랑아, 양아치를 위해 살아온 진정한 지도자입니다."하고는 김춘삼의 오른손을 번쩍 들어 올렸다.

투표는 시작되었고 시간이 흘러 투표가 끝나자 이어서 결과가 발표되었다. 만장일치로 김춘삼 후보가 거지왕이 됨으로써 공식적으로 세상에 공포되었다.

그 뒤로부터는 거지왕 김춘삼으로 불리게 되었으며 공식적인 행사나 서류에도 거지왕 김춘삼으로 사용했다. 내가 거지왕 김춘삼을 처음 만난 것은 하한수 영화감독 밑에서 연출 수업을 받고 있을 때였다. 대원호텔 1층 대원다방에서 감독님의 소개로 만났다.

그것이 인연이 되어 내가 그의 양아들이 되었으며 많은 사랑을 받은 사람이다. 양아버님으로부터 그동안 듣고 보고 직접 체험했던 사실을 이 지면을 통해 진솔하게 남기고 있음을 말해 두고자 한다.

그의 고향은 1928년 2월 1일 평안남도 덕천에서 태어났으며 남매 중 동생이었다. 일찍 아버지를 여의고 홀로된 어머니와 함께 살다가 생활고에 지친 모친께서는 자식들을 강원도 정선 외갓집에 맡기면서 "엄마가 꼭 너희들을 데리러 올게"라는 울음 섞인 말을 남기고 대전 근방 어디론가 개가를 하여 떠나셨다. 한동안 외가댁에 얹혀 살던 남매는 그립고 보고픈 어머니를 찾기로 결심하고 길을 나섰다. 몇 날 며칠 산을 넘고 물을 건너 낯선 길을 따라 걷고 또 걷다가 어느 산중에서 일본인 사냥꾼에게 유괴되어 그들을 쫓아다니며 짐승을 유혹하는 미끼 노릇을 해야만 했다.

주린 배를 움켜잡고 거기다 짐승들의 밥이 될지도 모른다는 공포와 추위에 떨고 있을 때 잠시 자리를 떠났던 누나는 의문의 죽임을 당했다. 그렇지만 어린 동생으로서는 어쩔 수 없었다. 일제 억압 속에 살아야 했던 우리 민족은 원통했지만 어쩔 수 없었다. 그때 일본인 사냥꾼 보조역으로 따라다니던 한인 털보 아저씨의 도움을 받아 탈출할 수가 있었다.

동내로 내려온 그는 대구 시내 어느 다리 밑을 찾아들었다. 거지들이 모여 사는 움막이었다. 이것이 그의 거지 생활의 첫 시작이었다. 그때 나이는 8살. 처음 거지가 된 신고식이라며 구타하고 앵벌이(구걸이나 돈벌이)를 못 해 온다고 사정없이 매질하곤 했다. 전신에 멍이 들고 상처가 아물 날이 없었다. 그런 고통과 서러움 속에 1년이 되었을 때였다. 거지 대장의 매질과 횡포를 못마땅하게 여기던 거지들과 김춘삼은 어느 날 15살 먹은 동료가 반항한다고 심한 매질을 당하다 끝내 목숨을 잃는 것을 목격했다.

유난히 의협심과 정이 많았던 김춘삼은 더 이상 참을 수가 없어 대장에게 반항하며 결투를 신청했다. 그리고는 대결 방법을 내놓았다. 힘으로는 대장을 이길 수 없었기에 '기차

철로에 가로 누워 누가 더 오래 버틸 수 있는지 인내와 배짱을 시험하는 결투였다. 대장은 배짱, 주먹, 인심이 강해야 진정한 거지대장이 될 자격이 있는 것이라는 제안에, 대장은 '너 같은 것 하나쯤이야.' 하는 오만으로 어린 김춘삼을 얕잡아 보고 흔쾌히 승낙했다.

협의를 끝내고 곧 실천에 들어갔다. 둘은 철로에 나란히 누워 기차가 오기를 기다렸다. 거지 동료들은 깡통을 두들기며 흥을 돋우고 환호를 했다. 드디어 멀리 열차가 오는 것이 보였다. 둘의 얼굴에는 땀이 흐르고 얼굴 표정이 일그러져 갔다. 다가오는 열차의 기적소리는 허공을 가르고 무서운 속도로 달려오는 소리가 귓전을 때렸다. 거지 대장의 얼굴은 겁에 질린 공포의 모습이 역력했다. 한편 김춘삼은 비를 맞은 듯 얼굴과 옷깃이 젖고 있었지만 표정은 담담했다.

열차가 더 가까이 기적을 울리고 다가오는 소리에는 심장이 뛰는 공포에 휩싸였다. 고막을 찢을 듯한 경적에 전신이 얼음장같이 굳었다. 겁에 질려 불안과 공포에 떨고 있던 대장이 더 이상 견디지 못하고 철로 밖으로 뛰쳐나갔다. 그래도 김춘삼은 끄떡 않고 다가오는 열차 소리에 몸을 떨면서도 눈을 감은 채 버티었다. 벼락같은 기적소리가 허공을 가르고 바짝 다가오는 것을 느끼는 찰라 몇 초 사이에 선로에서 비

호같이 몸을 날려 철길 밖으로 나뒹굴었다.

　열차는 요란한 소리를 몰고 기적을 울리며 아무 일도 없었다는 듯 멀리 사라져 갔다. 철길 밖으로 나뒹군 김춘삼은 한동안 눈을 감은 채 벌러덩 누웠다가 눈을 뜨니 옆에는 대장이 서 있고 주위로는 70여 명의 거지 동료들이 지켜보고 있었다. 대장은 "내가 졌다. 이제부터 대장은 너다."라는 말이 떨어지자 "와~ 대장 김춘삼!" 하고 환호했다. 이로써 그는 거지가 된 지 1년 만에 70여 명을 이끄는 9살의 어린 거지 대장이 된 것이다.

　그 뒤 세력을 넓히고 평화와 사랑으로 거지들을 이끌던 중 지역을 넓혀 교통의 요지인 대전 거지 움막 촌들을 점령하고 터전을 옮기며 양쪽 촌을 관리하게 되었다. 그는 힘을 키우기 위해 시간이 나면 체육관을 찾아 권투를 배웠다. 날이 갈수록 무서울 정도로 근력이 대단하여졌다. 권투선수가 되라는 권고를 받았지만, 그는 오로지 거지 식구들만 생각했다. 오로지 그들을 위하여 운동을 했다. 그러던 어느 날 그렇게 보고 싶고 그리웠던 어머니를 찾기 위해 수소문하던 중 어머니가 계신 곳을 알게 되었다. 그 동안 어머니한테는 새아버지와 남동생과 여동생이 있었다.

　어머니가 계신 집으로 들어가 살면서 한편으로는 움막 거지들을 보살피는 일에 힘을 쏟았다. 내가 불편해 할까봐 여러모로 신경을 쓰시면서 초등학교(국민학교) 입학을 시키려고 하였지만 일제 강점기라 필수과목인 일본어를 해야 하는데 그 말 배우기가 싫어 입학 대신 체육관을 찾았다. 어린 김춘삼은 언젠가는 주먹계의 일인자가 되어 약자를 도우리라. 다짐했다.

건강하고 강인하게 성장한 그는 드디어 서울 염천교를 점령하고 입성하게 된다. 그러나 6월 25일 김일성의 남침으로 수도 서울을 빼앗기고 대전, 대구 낙동강까지 밀리게 되었다. 이때 잠시 거지 형제들과 작별하고 자진해서 입대를 하고 지리산 공비토벌 등 여러 전투에서 혁혁한 공을 세우다가 부상을 당하여 육군 병원에 입원하게 되었다. 전쟁이 끝나기 몇 개월 전 입원 중 육군 특무상사로 제대하고 염천교로 돌아왔다. 그는 힘 있는 주먹 패와 거지들을 모아 체제를 튼튼히 하고 세력과 나아바리(관리지역)를 넓혀 나갔다.

그때부터 김두한, 시라소니 같은 주먹세계의 협객들과 어깨를 나란히 했고 그러는 사이 무수한 결투와 지역 깡패들과 싸움을 해야 했다. 그럼에도 불구하고 그의 머릿속에는 데리고 있는 거지 식구들과 헐벗고 굶주리는 약자들 생각뿐이었다. 전쟁으로 무수한 생명이 목숨을 잃었고, 거리에는 부모·

형제를 잃은 고아들로 넘쳐났다. 그들을 구하기 위해 무소유 철학(無所有哲學)을 내세워 거지들에게 "여러분이 아무것도 갖지 말라는 것이 아니라 무의미한 것을 소유하려는 탐심을 줄이고 살라"고 교육했다. 그는 4·19 혁명이 있던 "합심원 (고아원)"과 합심원자활개척단을 설립하였다. 서울 본부와 부산, 대구, 대전, 광주에 지원을 두었다. 추위와 허기에 시달려야 했던 고아들을 수용해 나갔다.

미국대사관에서 소문을 듣고 김춘삼 원장을 불러 치하하고는 자초지종을 듣고 난 대사는 지원해 줄 것을 약속했다.

또한 일본 거지들의 아버지라 불리는 목사님 한 분이 한국의 김춘삼을 만나본 후 적극적으로 한국 고아들을 도왔다.

그 뒤로는 쌀, 의복, 식료품이 풍족하게 들어와 전국 고아들이 배부르고 안락하게 지낼 수 있었다. 나라 정세가 어지럽고 혼란을 겪을 때 5.16 군사혁명이 일어났다. 이때에 거지왕 김춘삼은 대한자활개척단을 설립하고, 한국 최초의 간척 사업으로 전라남도 법성포 앞바다를 막아 농토를 만드는 개발사업에 들어갔다.

서울 본부에서는 일백 명의 특별 단원을 모집하고 개발 현장에 투입할 단원 모집에 들어갔다. 특별 단원은 단복과 모자, 배지를 달도록 했다. 그리고 신분증을 발급해 영등포에서 청량리까지 오고 가던 전차를 무료 승차하게 했다. 개척단 단원들에게는 목적과 취지, 사업의 중요성을 교육하여 각처에 흩어져 개발 사업에 동참할 단원을 모집하게 했다.

이렇게, 전국을 누비며 모집한 인원과 소문을 듣고 자진해서 모여든 인원이 모두 천여 명이 넘었다. 모집하는 조건은 간척 사업으로 막은 바다를 농토로 만들어 단원 1인당 10마지기(1,500평)를 나눠주어 삶의 터전을 마련해 주는 일이었다. 그러나 막상 모집한 대원들은 절반이 결혼을 하지 않았거나 상처(喪妻)를 한 사람들이었다. 거지왕 김춘삼은 새로운 생각을 하게 된다. 바로 합동결혼식이었다.

자활개척특별단원 백여 명은 사창가, 청량리 588, 종로 뒷골목, 영등포 사창가, 윤락여성들과 가정이 어려워 결혼식을 못 올리고 사는 부부들을 각 동회를 통하며 모집에 나섰다. 대상자는 양쪽을 합하여 무려 1,700쌍 3,400명이나 되었다. 이 많은 인원이 합동결혼식을 할 장소는 경기고등학교 운동장이었다. 그러나 문제가 생겼다. 한 번도 대면한 적도 없는 사이에 장신인지, 단신인지, 예쁜지, 미운지, 앉은뱅이인지 곰보인지 알 수가 없는 상태에서 짝을 정한다는 것이 큰 문제였다.

거지왕 김춘삼은 생각다 못해 묘안을 생각해 냈다. 결혼식 전날 경기고등학교 운동장으로 모두 소집하고 미리 준비한 수건을 하나씩 나누어 주고, 남자는 우측 끝쪽으로 여자는 좌측 끝쪽으로 서게 하고 일차에 2백 명씩 앞에 일렬로 세워 미리 나누어 준 수건으로 눈을 가리고 훈령에 맞추어 달리게 했다.

서로 뛰다가 만나는 상대가 자기 짝이었다. 불평이 나왔지만, 거지왕 김춘삼은 단상에 올라 "오늘 맺어지는 짝은 하늘이 맺어준 천생연분이다. 그리고 여러분들의 노력과 인내로 영광 법성포 앞바다 간척사업은 10마지기(1,500평)의 토지를 갖게 될 것이며 새로운 삶을 살 게 될 것이다. 그것이 싫다면 지금이라도 돌아가도 좋다."고 호통을 쳤다. 말이 끝나자마자 불평불만이 싹 사라졌다.

그 이튿날 결혼식에는 후원자와 사비를 털어 신부에게는 금반지를 신랑에게는 만년필을 선사했다. 많은 사회 인사들과 가족이 축하하여 주는 가운데 한국 최초의 합동결혼식이 무사히 끝났다. 며칠간의 신혼을 보낸 부부를 곧바로 육군본부에서 제공한 군 트럭을 이용하여 서울을 떠났다.

막상 현장에 갈 사람은 500여 명, 부인까지 합하여 1,000명으로 추려 20여 대의 트럭에 나누어 타고 영광 법성포 현장으로 향했다. 간척사업에 필요한 모든 장비는 후원회사와 뜻있는 자선 사업가의 도움으로 준비가 끝나고 미리 현장으로 보내졌다. 단원들은 덜컹거리는 군용트럭에 실려 짐짝처럼 의지해 달리다 보니 녹초가 되어 해질 무렵에야 현장에 도착하였다. 미리 준비된 가건물 숙소에 나누어 들었다. 피곤함에 지친 남녀 단원들은 제멋대로 누워 이내 잠에 취해 버렸다.

간척 사업이 시작된 것은 일주일이 지나서였다. 처음 바라보는 현장은 끝도 없는 바다와 그 사이에 있는 몇 개의 섬뿐이었다. 막막하고 허탈할 뿐이었다. 거지, 양아치, 깡패로 막살아온 인생들이 모인 곳이라 이유도 많고 싸움이 잦아 조

국도극장 포스터

용할 날이 없었다. 거지왕 김춘삼은 이와 같은 일을 미리 예측하고 주먹과 배짱, 머리가 좋은 특별 단원들을 교육해 왔고, 이 단원들이 현장 구대장이 되어 통솔하게 했지만 어려움은 말할 수 없이 많았다. 이런 가운데 바다를 막는 간척 사업은 계속

되었다. 돌을 깨고, 흙을 파 트럭에 싣거나 리어카로 섬과 섬 사이를 막아 나갔다. 언제 끝날지 막막했고 자신이 한심하기만 했다. 1년이 지나고 2년이 지나도 별로 성과가 나지 않았다. 단원들은 불평불만 하다가도 땅을 보상으로 받는다는데 다시 힘을 내고 개미같이 작업을 계속했다. 그러나 갈수록 식량 사정이 나빠졌다.

정부에서 지원해 주던 쌀과 보리쌀이 줄어들고 보리쌀 조금과 좁쌀이 전부였다. 단원들의 배를 채우기에는 너무 부족했고 반찬으로는 소금에 절인 짠 무 조각뿐이었다. 여기에 불만을 품은 단원들은 반항과 끝내는 데모로 이어졌다. 갯벌은 전쟁 마당이 되었고, 자기들끼리 싸우고 칼부림까지 나 단원 중 죽는 사람까지 생겼다. 정부에서 내주는 식량을 중간 관리들이 착복을 하다 보니 이런 불상사가 생겼다.

단원들은 벌 떼같이 책임자들을 때려죽인다고 날뛰었다. 이런 사정을 보고받은 거지왕 김춘삼 단장은 현장으로 내려가 모든 사정을 듣고 "모든 것은 내 잘못이다"라고 사과를 하고 해결하겠다는 약속을 하고 서울로 돌아왔다.

거지왕 김춘삼 단장은 정부 기관에 들어가 호통을 치고 원래대로 돌려놓을 것을 약속받았다. 그로 인해 공무원들이 문책을 당하고 몇몇 공무원은 옷을 벗어야 했다. 그 뒤부터는 전처럼 식량과 부식 배급이 잘 이루어졌고, 간척 사업도 성과가 나타나고 끝이 보이는 것 같았다. 세월이 흘러 그렇게 바라던 육지와 섬 사이가 마지막 이어지는 순간 수십만 평의 평야가 생기는 몇 년 만에 대역사가 끝났다.

단원들과 구대장들은 서로 얼싸안고 평야가 된 갯벌을 뛰고 뒹굴며 "와~우리가 해냈다"하고 웃고 울었다.

마무리를 경축하는 날 정부 인사와 관내 군수 외 많은 인사가 참석한 가운데 진행되었다. 마지막까지 남은 단원은 200명 부인을 합쳐 400명 정도였다. 이들은 약속대로 10마지기(1,500평) 땅을 받게 되었다. 그러나 땅을 받아 기분이 좋았지만 문제가 생겼다. 바다를 막아 농토가 된 토지는 황토를 부어 몇 년을 기다려야 소금기가 빠지고 농사를 지을 수 있는 옥토가 된다고 한다.

단원들은 그동안을 참지 못하고 지역 주민들에게 헐값에 팔고는 서울로 올라오고 일부만 남아 토지를 지켰다는 소식에 거지왕 김춘삼 단장은 가슴 아파하였다. 이렇게 그는 한국 최초로 바다를 막아 농토를 만들고 지도를 바꾼 위대한 거지왕이었다. 말년에는 공해추방 운동을 위해 환경단체와 환경신문을 만들어 헌신해 오다 지병으로 국가보훈병원에 입원해 운명하시기 전 친자식과 양아들인 나와 몇몇 아들이 모인 가운데 마지막으로 이렇게 유언했다.

"사람이 살다가 마지막 갈 때는 가지고 가는 것은 없지만 많은 것을 남기고 가는 인생들이 되거라." 하는 말씀과 "거지로 태어나는 것은 내 탓이 아니나 거지로 죽는 것은 내 탓이다."라는 말씀을 남기고 조용히 눈을 감고 대전 현충원에 안장되었다.

슬하에는 3남매를 두셨고 이동생들은 출가하여 단란한 가정을 이루고 있다. 장남 김홍식은 미국 성서대학과 필리핀 마닐라 시립대학에서 교육학박사 학위를 받았다. 전북대학교와 칼로스 M. A.대학(현 키스톤 유니버시티)에 교수로 근무하다 정년퇴직을 하고 지금은 홀로된 어머니를 모시고 가족과 함께 행복한 나날을 보내고 있다. 지금도 우리들은 마지막 유언을 생각하며 값지고 사랑을 베푸는 인생을 살겠다고 다짐한다.

그의 유언 / 거지로 태어나는 것은 내 탓이 아니나 거지로 죽는 것은 내 탓이다.

이상열

---

* 「수필문학」 등단, 저서 『기독교와 예술』 외 다수, 한국문인협회 회원, 바기오예술신학대학교 총장 역임, 한국문화예술대상, 환경문학상, 현대미술문화상 외, 극단 '생명' 대표/상임연출, 로빈나문화마을 대표

보릿고개 이야기

조선(朝鮮) 영조 35년 왕후(王侯)가 세상을 뜬 지 3년이 되어 새로 왕후를 뽑고자 하였다.

온 나라에서 맵시 있고 총명하고 지혜로운 처녀 20명이 뽑혀 간택 시험을 치르게 되었다. 이 중에 서울 남산골 김한구의 열다섯 살 난 딸도 있었다.

드디어 간택시험이 시작되었다. 자리에 앉으라는 임금의 분부에 따라 처녀들은 자기 아버지의 이름이 적힌 방석을 찾아 앉았다. 그런데 김씨 처녀만은 방석을 살짝 밀어놓고 그 옆에 살포시 앉는 것이었다.

임금이 하도 이상하여 그 이유를 물었더니

"자식이 어찌 가친 존함이 씌어 있는 방석을 깔고 앉을 수 있으오리까."

했다. 임금이 문제를 내기 시작했다.

"이 세상에서 제일 깊은 것은 무엇인가?"

동해바다 이옵니다.

서해바다 이옵니다.

남해바다 이옵니다. 하는데

김씨 처녀는 사람의 마음속이 제일 깊은 줄로 아옵니다.

어찌하여 그러한고?

"예, 아무리 바다가 깊다 해도 그 깊이를 잴 수가 있지만 사람의 마음은 그 무엇보다도 깊어 그 깊이를 잴 수가 없사옵니다."

이어 다른 문제를 또 내었다.

"이 세상에서 무슨 꽃이 제일 좋은고?"

다들 복사꽃이옵니다.

모란꽃이옵니다.

양귀비꽃이옵니다.

그런데 또 김씨 처녀만은

"예, 목화꽃이 제일 좋은 줄로 아뢰옵니다."

그건 어이하여 그런고?

다른 꽃들은 잠깐 피었을 때는 보기가 좋사오나, 목화꽃은 나중에 솜과 천이 되어 많은 사람들을 따뜻하게 감싸주니 그 어찌 제일 좋은 꽃이라 하지 않을 수 있겠습니까.

이어서 세 번째 질문을 하였다.

"이 세상에서 제일 높은 고개는 무슨 고개인고?"

다들 묘향산 고개지요.

한라산 고개이옵니다.

우리 조선에서 백두산 고개가 제일 높지요.

이번에도 김씨 처녀만은 또 이렇게 대답을 하였다.

"보릿고개가 제일 높은 고개이옵니다."

"보릿고개는 산의 고개도 아닌데 어이하여 제일 높다 하는고?"

"농사짓는 농부들은 보리 이삭이 여물기도 전에 묵은 해 식량이 다 떨어지는 때가 살기에 가장 어려운 때입니다. 그래서 보릿고개는 세상에서 가장 넘기 어려운 고개라고 할 수 있사옵니다."

이에 임금은 매우 감탄하였다. 이리하여 김씨 처녀는 그 날 간택 시험에서 장원으로 뽑혀 15세 나이에 왕후가 되었는데 그가 바로 정순왕후이다.

이렇게 하여 '보릿고개가 제일 높다'라는 속담이 나오게 되었다고 합니다. 힘내라며 담아주시던 고봉밥처럼 넉넉한 마음으로 자식을 대하고 부모님을 대하고 이웃을 대한다면, 모두가 좋은 부모요, 좋은 자식이요, 좋은 이웃일 텐데 마음처럼 쉽지가 않습니다.

구름도 흘러가고. 강물도 흘러가고 바람도 흘러갑니다. 생각도 흘러가고, 마음도 흘러가고, 시간도 흘러갑니다. 좋은 하루도 나쁜 하루도 흘러가니 얼마나 다행인가!

흐르지 않고 멈춰만 있다면 물처럼 삶도 썩고 말텐데 이렇게 흘러가니 얼마나 아름다운가요. 아픈 일도 힘든 일도 슬픈 일도 흘러가니 얼마나 감사하며, 세월이 흐르는 건 아쉽지만 새로운 것으로 채울 수 있으니 참 고마운 일입니다.

그래요, 어차피 지난 것은 잊히고 지워지고 멀어져 갑니다. 그걸 역사라 하고 인생이라 하고 세월이라 하고 회자정리(會者定離)라고 합니다.

그러나 어쩌지요 해질녘 산등성이에 서서 노을이 너무 고와 낙조인 줄 몰랐습니다. 이제 조금은 역사가 뭔지 인생이 뭔지 알 만하니 모든 것이 너무 빨리 지나가는 것 같습니다.

(이 자료를 올려주신 선생님께 감사드립니다. 편집자)

할배와 손자

　며느리가 손자를 연년생으로 출산을 하여 육아가 힘드니까 할매, 할배가 큰손자를 데려다가 초등학교까지 키워서 돌려보냈다.

　자식 키울 때는 몰랐던 짜릿한 사랑으로 옥이야 금이야 애지중지 키웠다. 명절에 만나면 너무 예뻐서 끌어안고 뽀뽀를 하고 주머니 털어서 용돈 챙겨주고 헤어질 땐 늘상 아쉬워했던 할배와 할매!

　세월이 흘러갈수록 점점 만남의 횟수가 줄어들었다. 손자 녀석 얼굴이 아련히 떠오를 때마다 전화라도 하면 며느리가 받아서,

　"아버님, 영식이 학원 갔다 와서 지금 자고 있어요."

　"아버님, 저 지금 바빠요 다음에 전화 드릴게요."

　하면서 전화는 끊겼다. 더 많은 세월이 흘렀다. 손자 놈이 서울대에 합격했다는 소식을 듣고 할배는 너무 기뻐서 친구들한테도 자랑을 하면서 막걸리 파티도 벌이고 신이 났다.

고령의 나이에 시력 청력도 정상이 아닌데 갱상도 서부 갱남 끝자락에서 서울까지 혼자 나들이하기가 부담이 된 할배는 서울 사는 동생에게 전화를 한다.

"야! 요새 니가 보고 싶다."

동생이 형님의 목소리가 아련하여 차를 끌고 내려가서 삼일 동안 형님 내외를 모시고 함께 즐기다가 상경하려는데 형님 할배 왈.

"야야, 나도 서울 가고 싶다! 손자 놈도 보고 싶고."

하시면서 울먹거린다. 그래가 함께 상경하여 다음날 형님 할배 아들집에 갔더니 손자 녀석은 친구들하고 어울려 놀다가 늦은 시간에 들어오면서 소파에 앉은 할배를 보는 둥 마는 둥 제 방으로 들어간다.

며느리가 민망한 듯,

"야, 영식아! 할아버지, 작은할아버지 오셨는데 인사드려야지."

손자는 다시 나오더니 '안녕하세요?' 고개만 끄떡하고는 다시 들어갔다! 그래서 내가 옆에서 보니 너무 속상하기도 하고 할배 형님이 불쌍해 보여서,

"야! 영식아! 할아버지가 너 보고 싶어서 멀리서 오셨는데 할아버지 옆에 와서 껴안고 뽀뽀 한번 해드려야지."

큰소리로 외쳤더니 마지못해 나와서 할아버지 옆에 멋쩍게 앉아서 TV만 보고 있다. 어색한 분위기에서 저녁을 먹고 내가 나오는데 형님께서 "나도 같이 갈란다." 하시면서 따라 나오신다.

며느리는 안절부절못하고 할배 아들이,

"아부지! 오랫만에 먼 길 오셨는데 주무시고 쉬었다 가세요."

하니 형님 왈.

"댓다 마! 드러가이라! 나는 니 삼촌집에 가서 자고 낼 갈기다."

돌아오는 길에 조수석에 앉아서 창밖만 바라보시는 노형님의 눈시울이 붉게 변했다.

"동생아! 엄마 아부지가 보고 싶다."

그러시며 참았던 눈물을 하염없이 흘리셨다. 이게 현실입니다. 자식! 손자! 다부질 없는 것입니다.

불효자는 부모가 만든다

사람의 평균 수명이 늘다 보니 노인 문제가 심각해졌다.

모두들 부모 모시기를 힘들어 하고 사회가 복잡해질수록 노인 문제 또한 심각해지는 상황이 되었다. 자식들에게 재산은 공평하게 상속되는데 어찌 장남만 부모를 책임져야 하는가가 불평이다.

요즘 부모님 모시는 것을 귀찮다는 젊은이들의 행위는 자식들을 왕자, 공주로 키운 부모에게 책임이 있다. 자식을 키울 때 자식 비위 맞추기에 혼신의 힘을 다한 부모는 결국 자식들의 하인이 되는 원인이 됐다.

자랄 때 부모 공양법을 모르고 대접받는 법만 배운 아이가 어른이 되어서 어찌 부모 공양을 할 수가 있겠는가? 그래서 요즘 사랑방 노인들이 하는 이야기 속에 답이 있다.

"가르치지도 않았는데 효자란 말여! 학교도 못 보냈는데."

자식 가르치려고 모든 것을 팔아 뒷바라지해서 의대를 졸업시켰건만 며느리 이유 붙여 부모를 안 모신다고 하니 골방 하나 얻어주고 개밥 주듯 생활비 기십만 원 주면서 집에도 못 오게 하는 세상이다. 그래서 다들 양로원에 가는 시대란다. 어쩌다 며느리에게 전화하면 시어머니에게 노후 준비 문제를 따져댄다.

"아들 의사 만들었지." 하면 대답은 부모로서 학비 대는 건 당연한 것 아니냐고 반문하는 며느리.

힘없는 노인은 기죽을 수밖에 없다. 다시 산다면 다시는 그런 짓 않겠단다. 부모들은 훗날을 위해 자식들에게 모든 것을 바쳐 뒷바라지한다. 아들이 가문의 영광이며 우리 집 기둥이라고 하면서. 하지만 그 기둥이 부모를 배신한다.

대접 받고만 자란 아이가 커서 부모 모시는 법을 안 배웠으니 부모 공양이 안 되는 것이다. 자식들을 불효로 내 모는 것도 부모의 몫이다. 부모가 노후 준비를 했다면 불효란 말이 있겠는가?

제발 부탁드리는데, 자식은 적성 봐서 힘대로 키우시고, 내 몫은 꼭 챙겨야 한다는 사실을 잊어서는 안 된다. 이 글을 읽고 미친 소리라고 생각이 들거들랑 기록해 두었다가 훗날 정답과 맞춰 보시기 바랍니다.

노후에 눈물은 왜 흘리나? 자식에게도 하인의 법을 가르쳐 줘야 훗날 부모 봉양을 할 수 있다. 왕자, 공주가 부모 모시는 법을 모르고 컸다면 그 책임은 누구에게?

두말 할 것 없이 부모가 하인의 법을 안 가르친 책임을 지게 된다. 까마귀도 어미가 늙어 힘 못쓰면 먹이를 물어다 준다는데 고사 성어에 반포지효(反哺之孝: 까마귀 새끼가 자라서 늙은 어미에게 먹이를 물어다 주는 효라는 뜻으로, 자식이 자라서 어버이의 은혜에 보답하는 효성을 이르는 말) 라고 하는 말이 있다.

자식에게 어려서 꼭 반포지효라는 고사성어를 가르쳐 줘야 한다. 내 자식 미국 유학 학비 대느라 이 생명 다 바쳐 일한 후에 훗날 남는 것 없이 빈손이라면 당신은 큰 죄를 졌다고 생각해서야 합니다.

무슨 죄냐고요?

고급스런 자식 집에 가 보시면 그 답을 당장에 압니다. 멋쟁이 며느리부터 손자까지 당신의 늙은 모습을 보고 좋아하겠습니까? 밥 한 끼 얻어먹는 것도 눈총 속에 아이들 공부에 방해 된다고 골방에. 차라리 못 가르친 아들놈하고 윽박지르고 싸우는 편이 더 인간답다는 것을 아셔야 합니다.

홀로코스트(2)

그런데 회당 관리인 모세는 어떻게 그곳에서 탈출할 수 있었을까? 정말 기적적인 일이었다. 그는 다리에 부상을 입었다. 그 때문에 죽은 것으로 간주되었던 것이다.

그 후 그는 밤과 낮을 가리지 않고 유대인 집을 이곳저곳 찾아다녔다. 그리고 만나는 유대인 모두에게 죽는 데 3일이나 걸린, 어린 소녀 말카의 최후에 대해서, 자식들 앞에서 어서 죽여 달라고 간청했던 재봉사 토비아스의 죽음에 대해서……. 비참한 목격담을 들려주었다.

그렇게 말하는 모세는 전혀 다른 사람으로 변해 있었다. 그의 눈동자에서는 어떤 기쁨도 찾아볼 수 없었으며, 더 이상 노래도 부르지 않았다.

그는 엘리위젤을 만나서도 하나님이나 밀교에 대해서도 더 이상 이야기하지 않았다. 다만 그가 목격했던 사건에 대해서만 이야기하는 것이었다.

그러나 사람들은 그의 말을 믿으려고 하지 않았을 뿐만 아니라 귀를 기울이려고도 하지 않았다.

"저 친구, 우리한테서 동정을 사려고 저러는 거야. 정말 상상력이 보통이 아니야!"

"불쌍한 친구, 저건 미친 거야."

사람들은 그를 이렇게 말했다. 그럴 때마다 모세는 슬피 울기만 했다.

"유대인 나의 동족 여러분! 내 말을 들어주십시오. 내가 여러분에게 바라는 것은 이것뿐입니다. 나는 돈이나 동정을 바라지 않아요. 오직, 내 말을 믿어 달라는 것뿐입니다."

그는 저녁 기도 시간에 이렇게 말하곤 했다.

엘리위젤도 그의 말을 믿지 않았다. 그러면서 가끔 예배가 끝난 저녁에 그와 함께 앉아 이야기를 들으며 그의 슬픔을 이해하려고 애를 썼다. 그러나 그에게는 겨우 동정심만 들 뿐이었다. 모세는 정색을 하고 말했다.

"사람들은 나를 미친 사람으로 취급하고 있어!"

이렇게 말하는 그의 눈에서는 촛농 같은 눈물이 주룩주룩 흘러내렸다. 엘리위젤이 그에게 물었다.

"왜 모세는 사람들이 당신 말을 믿어야 한다고 그토록 애를 쓰지요? 내가 당신이라면 나는 그들이 믿거나 말거나 내버려 두겠어요……."

그러자 그는 시간을 잊고 싶다는 듯 지그시 두 눈을 감았다.

"너는 이해하지 못해."

그는 절망적인 얼굴로 말했다.

"너는 이해할 수 없을 거야. 나는 기적적으로 살아난 사람이야. 그리고 여기로 돌아온 거야. 내가 그런 힘을 어디서 얻었겠니? 나는 내 죽음의 이야기를 모두에게 들려주기 위해서 이 시게트로 돌아오기를 원했던 거야. 그래서 아직 시간이 있을 때 사람들이 대비할 수 있도록 하기 위해서 말이야. 내가 살기 위해서 이곳에 돌아왔다고? 천만에! 내게 이제 내 인생은 더 이상 중요하지 않아. 나는 혼자 몸이야. 하지만 돌아오고 싶었어. 그래서 모두에게 사실을 알려주고 싶었던 거야. 하지만 누구 하나 내 말을 믿으려 하지 않으니……!"

1942년이 저물어 갈 무렵 마을의 일상생활은 정상을 되찾고 있었다. 그리고 모두가 매일 저녁 귀를 기울이고 있던 런던의 라디오 방송은 모두를 고무해 주는 뉴스를 전해 주었다. 독일군에 대한 매일 매일의 폭격이며 스탈린그라드, 제2전선의 준비 등등.

그래서 시게트의 유대인들은 멀지 않은 장래에 다가올 보다 좋은 내일을 꿈꾸고 있었다.

할아버지가 식구들과 함께 새해를 맞이하기 위해 오셨으므로, 엘리위젤은 보르셰의 유명한 랍비가 집전하는 예배에 참석할 수 있었다. 그리고 어머니는 큰누나 힐다를 위해 적당한 신랑감을 골라야 할 때가 되었다고 했다.

1943년은 무사히 지나갔다.

1944년 봄. 러시아 전선으로부터 반가운 소식이 왔다.

'이제 독일의 패배에 대해서는 의심할 여지가 없다. 오직 시간문제일 뿐이다. 몇 달, 몇 주의 시간문제일 뿐이다.'

봄 날씨에 나무들은 꽃망울을 터뜨리고 하늘은 맑고 화창했다. 약혼식과 결혼식, 그리고 새로운 생명의 탄생 등으로 그 봄도 여느 해처럼 평화로웠다. 사람들은 이렇게 말했다.

"러시아 군대가 맹렬하게 전진하고 있다는군…… 히틀러가 아무리 우리를 해치고 싶어도 그렇게 할 수는 없을 거야."

사실 히틀러가 유대인을 멸종시키려 했다는 자체를 믿을 수가 없었다. 한 민족 전체를 어떤 이유로 전멸시킬 수 있단 말인가? 그렇게 많은 나라에 흩어져 사는 민족을 멸종시킨다는 건 불가능한 일이다. 그가 무슨 방법을 쓸 수 있겠는가? 20세기의 중엽인 이 시대에!

그 이외에도, 사람들은 모든 일(전략에, 외교에, 정치에, 그리고 시오니즘)에 관심을 쏟고 있었을 뿐, 그들 자신의 운명에 대해서는 전혀 관심을 두지 않았다. 그렇게 강하게 주장하던 회당 관리인 모세마저도 침묵을 지키고 있었다.

그는 더 이상 말을 하기에 진력이 나 있었다. 그는 눈을 내리깔고 등을 구부린 채 사람들의 눈길을 피하며 회당이나 길거리를 정처 없이 방황하고 있었다.

그 무렵에는 팔레스타나로 떠나는 이주 허가가 아직 가능했다. 그래서 엘리위젤은 아버지에게 모든 재산을 팔고 사업을 정리하여 떠나자고 졸랐다. 그러나 아버지는 이렇게 대답했다.

"애야, 나는 너무 늙었다. 새로운 인생을 시작하기에는 너무 늙었어. 그렇게 먼 나라에 가서 인생을 시작하기에는 너무 늙었단 말이다."

부다페스트의 방송은 파시스트당이 정권을 잡은 사실을 보도했다. 그리하여 호르티(Horthey)는 나일라스(Nyilas) 당의 지도자 중 한 사람에게 새로운 정부의 구성을 강요하지 않을 수 없었다.

그러나 이러한 사실도 아직 근심거리가 되기에는 충분하지 못했다. 모두들 파시스트들에 대하여 대강은 듣고 있었지만, 아직도 그들에 대하여 추상적인 개념만을 갖고 있는 정도에 그치고 있었다. 그래서 그저 행정부가 바뀌는 것으로만 여기고 있었다. 그러나 다음날, 좀 더 불안한 소식이 전해졌다. 정부 당국의 허가를 받은 독일군이 헝가리 영토에 들어

왔다는 것이었다. 곳곳에서 불안감이 일기 시작했다. 유대 친구인 베르코비츠가 수도 부다페스트에서 돌아와 이런 말을 들려주었다.

유대인 추방 선고

그의 말은 이렇다.

"부다페스트의 유대인들은 불안과 공포 분위기 속에서 살고 있어. 날마다 길거리와 열차 안에서 반유대인 사건이 발생하고 있다구. 그리고 파시스트들은 유대인의 상점과 회당을 습격하고 사태가 점점 심각해지고 있는 거야."

이 소식은 불길처럼 시게트 전역에 퍼져서 모든 사람의 입에 오르내렸다. 그러나 그것도 잠시일 뿐, 낙관론이 되살아났다.

"독일군이 여기까지 오지는 않을 거야. 그들은 부다페스트에 머물 거야. 그럴 만한 전략적, 정치적 이유가 없어."

그러나 사흘도 못 되어, 독일군의 차량이 마을에 모습을 나타냈다. 독일군의 첫인상이 나쁜 것만은 아니었다. 그들은 주민들을 안심시켰다. 장교들은 민가에서 숙박했으며 유대인의 집에서도 묵었다. 그들의 주인에 대한 태도는 냉정했지만 정중한 편이었다. 그들은 불쾌한 말도 하지 않았으며 여주인에게는 가끔 미소까지 지어 보였다. 한 독일군 장교가 엘리위젤의 집 맞은편에 머물렀다. 그는 칸 가족과 한방을 사용했다. 그들에 의하면 그 장교는 매력적인 사람으로 조용하고 예의 바르며 인정이 많다고 했다. 3일째 되었을 때 그 장교는 칸 부인에게 초콜릿 한 상자를 선물로 가져왔다. 낙관주의자들은 그것을 보고 기뻐했다.

"자, 여러분도 보셨지요? 그러기에 우리가 뭐라고 합디까? 여러분은 우리의 말을 믿지 않았었지요. 독일군은 여러분의 편이잖습니까! 그들을 어떻게 생각합니까? 그들의 잔인성이 어디 있습니까?"

독일군은 이미 마을에 들어와 있었고, 파시스트들이 권력을 장악했으며 선고는 이미 내려져 있었다. 그런 가운데서도 시게트의 유대인들은 계속 미소만 짓고 있었다.

유월절(逾越節) 주간, 날씨는 화창하기만 했다. 엘리위젤의 어머니는 부엌에서 바삐 움직였다. 유대인 회당은 이제 다시 열리지 않았다. 주민들은 가정에서 모임을 가졌다. 독일군을 자극하지 않기 위해서였다. 실제로 모든 랍비의 아파트가 기도하는 장소가 되었다.

사람들은 먹고 마시고 노래를 불렀다. 성경은 행복하기 위해서는 축제의 7일 동안을 즐거워해야 한다고 가르쳐 주었던 것이다. 그러나 사람들의 가슴은 다가올 어떤 날을 불안하게 기다리며 점점 빠르게 뛰고 있었다. 축제가 빨리 끝나고 이러한 광대놀이를 더 이상 하지 않아도 되기를 소원하여 마지않았다.

유월절의 제7일째 되는 날 마침내 막이 올랐다. 독일군은 유대인 사회의 지도자들을 체포하기 시작했다. 그 순간부터 모든 일이 아주 신속하게 진행되었다. 죽음을 향한 질주가 시작되었던 것이다. 그 첫 조치는, 유대인은 3일 동안 그들의 집을 떠날 수 없다는 것과 위반하면 사형에 처한다는 것이었다. 회당 관리인 모세가 헐레벌떡 달려왔다.

"제가 그러기에 경고하지 않았습니까?"

그는 아버지에게 이렇게 울부짖었다. 그리고 이쪽 대답은 기다리지도 않고 도망치듯 달려 나갔다. 같은 날, 헝가리 경찰이 길가에 있는 모든 유대인의 집안에 들이닥쳤다. 유대인들은 이제 집안에 금이나 보석, 기타 값어치가 나가는 물건은 어떤 것도 소유할 권리가 없었다. 그런 물건은 모두 당국에 바쳐야 했다. 그것도 위반하면 사형에 처한다. 아버지는 지하실로 내려가 그 동안 간직해 오던 귀중품을 묻었다.

한편 어머니는 자질구레한 일로 바삐 움직였다. 그러면서도 가끔 일손을 멈추고 말없이 자녀들을 바라다보았다. 3일이 지났을 때, 이런 포고령이 내려졌다.

'모든 유대인은 황색별을 착용해야 한다.'

마을의 유지 몇 사람이 아버지를 찾아왔다. 그들은 헝가리 경찰의 높은 사람과 연결되어 있는 사람들로, 황색별의 착용에 대하여 아버지의 의견을 들으러 왔던 것이다. 아버지는 그렇게 기분 나쁜 표정을 지어 보이지는 않았다. 어쩌면 그들을 낙담시키거나 상처를 건드리고 싶지 않았기 때문일 것이다.

"황색 별 말이오? 원 참, 그게 어떻다는 겁니까? 그것 때문에 여러분이 죽는 것도 아닐 테고……"

그러나 그것으로 그치지 않았다. 새로운 포고령이 계속 내려지고 있었다. 음식점이나 카페에도 갈 수가 없었으며, 기차여행을 하는 것도, 회당에 나가는 것도, 오후 6시 이후에는 거리에 나가는 것도 금지되었다. 그리하여 마침내 유대인의 '게토'가 생겼다.

시게트엔 두 군데의 '게토'가 설치되었다. 마을의 중앙에 위치한 큰 게토는 네 개의 거리를 차지했고, 다른 작은 것은 마을의 외곽으로 통하는 몇 개의 샛길을 경계로 설정되었다.

엘리위젤이 살던 집도 세르펜트 가는 큰 게토 안에 있었다. 그래서 엘리위젤은 원래의 집에서 살 수 있었다. 그러나 그 집은 모퉁이에 자리 잡고 있어서 바깥 거리 쪽으로 향한 창문은 모두 봉해야만 했다. 그리고 방 몇 개는 아파트에서 쫓겨난 친척들에게 내주었다. 그런대로 생활은 조금씩 정상을 되찾고 있기는 했다. 주위에 둘러쳐진 가시철조망도 현실적인 두려움을 주지는 못했다. 이제 모두는 잘 지내고 있다고까지 생각하고 있었다. 거의 완전한 평정 상태를 회복한 것이다.

그것은 하나의 조그만 유대인 공화국이었다. 유대인 평의회, 유대인 경찰, 사회사업기관, 노동위원회, 보건위생국 등을 조직하여 하나의 완전한 정부기구를 갖추고 있었다.

그것을 보고 모두들 다행스럽게 생각했다. 눈앞에는 적의에 찬 얼굴이나 증오를 담은 시선이 보이지 않았다. 공포와 고뇌는 이미 사라지고 없었다. 유대인 속에서 형제끼리 살아가고 있기 때문이었다. 가끔 불쾌한 순간이 조금씩 있기는 했다. 독일군이 매일 군용 열차에 석탄을 땔 사람을 데려가기 위하여 찾아왔기 때문이다. 그 일에는 선뜻 지원자가 없었다. 그런 일만 제외한다면 분위기는 평화롭고 편했다.

일반적인 의견으로는, 전쟁이 끝나고 소련의 '붉은 군대가 도착할 때까지 게토에 남아 있게 될 것이라고 했다. 그렇게 되면 모든 일이 전과 다름이 없을 것이라고 했다.

그러나 게토를 지배하고 있는 것은 독일군도 아니었고 유대인도 아니었다. 게토를 지배하고 있는 것은 헛된 환상이었다. 성령강림 축일 전의 토요일에, 사람들은 화사한 봄볕을 받으며 혼잡한 거리를 근심 걱정 없이 한가로이 거닐고 있었다. 어른들은 행복하게 담소를 나누고 있었고, 어린이들은 보도 위에서 즐거운 놀이를 하고 있었다.

엘리위젤은 몇몇 학교 친구들과 에즈라 말리크 공원에 앉아 『탈무드』에 관한 논문을 공부하고 있었다. 밤이 되자 20여 명의 마을 사람들이 엘리위젤 집 뒤뜰에 모여들었다. 아버지는 그들에게 여러 가지 이야기를 들려주기도 하고, 현재의 상황에 대한 의견을 자세히 설명하기도 했다. 아버지는 훌륭한 이야기꾼이었다.

그때, 황급히 대문이 열리며 슈테른이 들어왔다. 그는 원래 상인이었으나 지금은 경찰관이 되어 있었다. 그가 아버지를 한쪽으로 데리고 갔다. 엘리위젤은 어둑한 가운데서도 아버지의 안색이 창백해지는 것을 볼 수 있었다.

"무슨 일인가요?"

사람들은 일제히 아버지에게 물었다.

"아직 모르겠습니다. 방금 평의회의 특별회의에 참석하라는 통지를 받았습니다. 짐작컨대 무슨 일이 틀림없이 있는 모양입니다."

그래서 들려주던 이야기는 중간에서 끝나고 말았다.

"나는 가봐야겠습니다. 되도록 빨리 돌아오겠어요. 그때 모든 것을 말씀해 드리지요. 기다려주십시오."

몇 시간 동안 기다릴 준비를 했다. 아버지가 떠나고 나자 집 뒤뜰은 수술실 밖의 텅 빈 복도처럼 조용했다. 가족들은 대문이 열리기만 기다리고 있었다. 마치 하늘이 열리기를 기다리는 듯이.

소문을 듣고 달려온 다른 이웃 사람들도 아버지를 기다렸다. 사람들은 각자 시계를 들여다보았다. 시간은 지루하기만 했다. 이토록 긴 회의는 무엇을 의미하는 것일까?

"나는 불길한 징조를 보았어요." 하고 어머니가 말했다.

"오늘 오후, 우리 유대인 거리에서 낯선 얼굴을 보았어요. 독일인 관리 두 사람이었는데, 틀림없이 비밀경찰일 거라고 생각해요. 우리가 이곳에 온 이후 독일군 관리는 한 사람도 얼굴을 비친 적이 없었는데……."

시간은 거의 한밤중이 되어 갔다. 그러나 누구 하나 잠자러 가고 싶어 하지 않았다. 몇 사람은 자기 집안에 무슨 일이 있는가 싶어 확인하러 갔다가는 황급히 돌아왔다. 또 몇 사람은 집으로 돌아가면서도, 아버지가 돌아오는 대로 그들에게 즉시 알려달라는 당부를 남겼다.

이윽고 대문이 열리고 아버지가 돌아왔다. 아버지의 얼굴은 창백했다. 모두들 아버지를 에워쌌다.

　"무슨 일이었습니까? 말씀해주십시오! 무슨 일이었는지 말씀해 주십시오!"

　그 순간, 조금도 두려워할 것은 아무것도 없다는, 그 날 밤 회의는 사회복지와 위생문제를 토의했을 뿐, 평상시와 다름없는 평범한 회의였다는 대답 한 마디가 아버지의 입에서 나오기를 얼마나 갈망했던가! 그러나 아버지의 수척한 표정을 한 번 보는 것만으로도 사태를 짐작하기에 충분했다.

　"아주 나쁜 소식입니다."

　마침내 아버지가 입을 열었다.

　"우리를 추방한다고 합니다."

　게토마저 완전히 비워주어야 했다. 온 동네가 다음날부터 한 거리씩 한 거리씩 차례로 떠나야 할 운명이었다. 모두는 사정을 속 시원히 알고 싶어 했다.

　모두가 그 소식에 망연자실했으면서도 쓰디쓴 잔을 마지막 한 방울까지 마셔버리기를 갈망했다.

　"우린 어디로 가게 되는 겁니까?"

　그러나 그것은 비밀이었다. 유대인 평의회 의장만이 알고 있는 비밀이었다. 그러나 그는 말하지 않았다. 아니, 그는 말할 수가 없었던 것이다. 만일 그 비밀을 입 밖에 낸다면 총살하겠다고, 게슈타포가 그를 위협했기 때문이었다.

아버지가 낙담한 어조로 말했다.

"헝가리의 어떤 곳으로 가서 벽돌공장에서 일하게 될 것이라는 소문이 떠돌고 있어요. 분명히, 전선이 이곳에서 아주 가깝기 때문일 겁니다……."

잠시 침묵하던 아버지는 덧붙였다.

"누구든 개인용 사물(私物)만을 가지고 가게 되어 있습니다. 약간의 음식과 간단한 옷가지를 넣은 가방을 등에 지고 갈 수 있을 뿐, 다른 것은 아무것도 소지할 수 없답니다."

다시 무거운 침묵이 흘렀다. 아버지가 침묵을 깼다.

"모두들 돌아가서 이웃사람들을 깨워 떠날 준비를 하도록 하십시오."

옆에 있던 사람의 그림자들이 마치 긴 잠에서 깨어난 듯 이 자리에서 일어섰다. 그들은 말없이 사방으로 뿔뿔이 흩어졌다. 모두가 흩어져 버리자, 순식간에 아버지와 식구들만 남게 되었다. 그때 갑자기 함께 살고 있는 친척 바티아라이흐가 방안으로 들어와 속삭였다.

"누군가 길 쪽의 봉해진 창문을 두드리고 있어요!"

누가 창문을 두드린다는 말을 들어보기는 전쟁이 난 후로 처음이었다. 그 사람은 아버지의 친구인 헝가리 경찰의 검찰관이었다. 그는 게토로 들어가기 전에 이렇게 말했었다.

"염려하지 말아요. 어떤 위험이 있으면 미리 알려드릴 테니까요."

그러니 그 사람이 어떤 정보를 제공해 줄 수 있었다면 가족은 아마 도망칠 수 있었으리라……. 그러나 봉한 창문을 간신히 열었을 때는 이미 늦었다. 창 밖에는 아무도 없었다.

게토가 잠에서 깼다. 한 집, 한 집씩 창문에 불빛이 비치기 시작했다. 엘리위젤은 아버지의 친구 집으로 들어가서 주인어른을 깨웠다. 그는 회색 수염에 몽상가의 눈을 가진 노인이었다. 평생 밤새워 공부만 한 탓으로 등이 굽어 있었다.

"일어나십시오, 선생님. 일어나세요! 여행 떠날 준비를 하셔야 해요! 선생님은 내일 전 가족과 함께 이 마을에서 쫓겨나게 되었다구요. 유대인이 다 쫓겨나게 되었어요. 어디로 가느냐구요? 선생님, 그건 묻지 마세요. 아무 질문도 하지 마세요. 오직 하나님만이 대답하실 수 있는 일이니까요. 제발, 어서 일어나십시오."

그러나 노인은 엘리위젤이 하는 말을 한 마디도 이해하지 못했다. 그는 아마 엘리위젤이 정신이 나간 것으로 생각했던 모양이다.

"무슨 얘길 하고 있는 거냐? 여행 준비를 하라고? 무슨 여행? 무엇 때문에? 뭐가 어떻게 되었다는 게냐? 너 미친 게 아니냐?"

그는 아직도 잠이 덜 깬 채 공포에 사로잡힌 눈길로 노려보며, 필경 내가 웃음을 터트리며 "계속 주무세요. 주무세요. 즐거운 꿈이나 꾸세요. 아무 일도 없었어요. 그냥 농담을 했을 뿐예요." 하고 말해 줄 것을 기대하는 것 같았다.

엘리위젤은 목이 타고 입술이 말라 말문이 막혔다. 더 이상 아무 말도 할 수 없었다. 그제야 그는 이해하는 듯 침대에서 나와 기계적인 동작으로 옷을 입기 시작했다.

그러고는 아내가 잠들어 있는 침대 곁으로 가서 아내의 이마를 한량없이 다정한 손길로 어루만졌다. 아내가 눈을 떴다. 그녀의 입술에서 잔잔한 미소가 스치는 것 같았다. 그는 다시 아이들의 침대로 가서 아이들을 꿈길에서 끌어내듯 흔들어 깨웠다. 엘리위젤은 밖으로 뛰쳐나갔다.

시간은 빠르게 흘러갔다. 벌써 새벽 4시가 되었다. 아버지는 지친 몸을 이끌고 이리저리 뛰어다니며 친구들을 위로하기도 했고, 유대인 평의회로 달려가 혹시 그 사이에라도 포고령이 취소되지 않았는지 알아보기도 했다. 최후의 마지막 순간까지도 아버지 가슴속에는 희망의 싹이 살아남아 있었다. 부인들은 계란을 요리하고 고기를 굽고 빵을 구워 왔으며 배낭을 꾸리고 있었다. 아이들은 풀이 죽어 고개를 숙이고 무엇을 해야 할지, 어디로 가야 할지 모른 채 어른들의 일에 방해가 되지 않도록 한편으로 비켜서서 겉돌고 있었다.

엘리위젤의 뒤뜰은 완전히 시장터가 되어 있었다. 집집의 비품들을 비롯하여 값비싼 양탄자, 은촛대, 기도서, 성경, 그리고 각종 종교예식에 쓰는 물건들이 짙푸른 하늘 아래 먼지투성이가 되어 땅바닥에 나뒹굴었다. 그렇게 버려진 가구들은 지금껏 한 번도 주인을 만나지 못했던 것처럼 보였다.

아침 8시가 되자 피로감이 모든 사람의 혈관과 사지와 뇌수에 녹은 납처럼 무겁게 침전되기 시작했다. 돌연 거리에서 고함소리가 들려왔다. 엘리위젤은 성물(聖物)을 팽개치고 창문으로 달려갔다. 헝가리 경찰이 게토로 몰려와서 이웃 거리에서 고함을 질러대고 있었다.

"모든 유대인은 밖으로 나와라! 빨리, 빨리!"

그 가운데 유대인 경찰 몇 사람은 집집마다 찾아가 기죽은 목소리로 동족들에게 말했다.

"시간이 되었습니다. 여러분 모두 떠나야 합니다……."

헝가리 경찰은 아무런 이유도 없이 곤봉과 총대를 좌충우돌 휘둘러대면서 노인과 여자, 어린이와 환자들을 가리지 않고 무자비하게 두들겨 팼다. 한 집, 한 집씩 텅텅 비고 거리에는 사람과 짐 보따리로 가득 찼다. 오전 10시가 되었을 때, 추방선고를 받은 모든 유대인이 집 밖으로 나와 있었다. 경찰은 출석을 불러 인원점검을 했다.

한 번, 두 번······. 스무 번, 그러는 동안 찌는 듯한 무더위 때문에 모두들 얼굴과 몸뚱이에서 땀을 비 오듯 흘렸다.

아이들이 물을 달라고 울부짖었다. 물을 달라고? 물은 가까운 곳 어디에나 많았다. 집 안에도 뜰에도 마실 물은 언제든지 있었다. 그러나 그들은 행렬에서 이탈하는 것이 금지되어 있었다.

"물! 엄마, 물! 물!"

게토 출신의 유대인 경찰은 행렬에서 움직일 수 있었으므로 몇 개의 물통을 몰래 채워줄 수 있었다.

누나들과 가족은 마지막으로 호송되게 되어 있어서 아직은 자유로이 활동할 수 있었으므로 힘이 닿는 데까지 그들을 도왔다. (3집에 계속:본사 발행 「홀로코스트」를 서점에서 사 보실 수 있습니다. 정가 15,000원)

뜸북새 (2)

정연웅

소나기

병풍바위를 때리던 솔개바람은 련이 누나의 치맛자락을 걷어 올렸다. 치마끈을 놓치고 만 나는 눈을 감고 싶었다. 사방을 살폈다. 다행히 어디서인가 산새 소리만 들려올 뿐 아무도 없었다. 솔개바람에 날리는 치맛자락을 부여잡고 쩔쩔매던 련이 누나가 말바위에 오르는 순간 급기야 솔개바람은 소나기로 변했다.

장대비를 맞으며 말 바위에 오른 나는 련이누나 보기가 민망했다. 소나무 밑에서 오들오들 떨고 있는 련이 누나는 온몸이 비에 젖어 속살이 훤히 들여다보였다. 소나기는 더욱 세차게 말바위를 때렸다. 나는 련이 누나의 치마끈도 솔개바람에 놓쳐버리고 소나기를 피해 바위틈에 숨어 있는 소나무를 붙잡고 매달렸다 그러다 보니 건너편 쪽바위 밑에 있는 굴 하나를 발견했다.

돌고 돌아 한참을 헤매다 보니 쪽바위는 메기아가리같이

생겼는데 큰 입을 떡 벌리고 있었다. 바위 등을 타고 내려가
니 정말 메기입 같은 굴이 하나 보였다. 이때 련이 누나가,

"굴바위다, 굴바위—."

이 굴을 찾기 위해 여태껏 이 고생을 한 것이다. 바로 아
버지가 숨어 계시다는 굴바위였다. 굴 안은 어두컴컴하고 인
기척이 없었다.

"아버지—."

굴속을 향해 불러보았으나 아무 대답이 없었다. 굴속을
다 뒤져봐도 아버지도 마을 사람들도 보이지 않았다. 굴속을
두리번거리던 련이 누나는 그대로 털썩 주저앉았다. 그리곤
허리에 차고 있던 주먹밥 보따리를 풀어놓았다.

"또 어디로 가셨을까? 시장하실 텐데."

도망꾼들은 한곳에 오래 머물지 않는다고 했다. 인민군들
을 따돌리기 위해서라고 했다. 나는 또 물새알이 궁금했다.

"련이 누나. 이제 물새알이나 꺼내러 가자. 응?"

"소나기나 그쳐야지."

지칠 대로 지친 나는 배도 고파 왔다. 칡넝쿨을 찾아 절
쪽으로 내려간 친구들은 소나기를 피해 절로 들어간 듯 한
놈도 보이질 않았다. 나는 배가 고팠다.

"련이 누나, 이 주먹밥 우리가 먹으면 안 돼?"

"안 되는데……."

"아버지도 없고 배도 고프니까……."

런이 누나도 배가 고픈지 주먹밥 뭉치를 나에게 넘겨주었다. 주먹밥 보자기를 풀었다. 주먹밥은 소나기에 젖어 흰죽이 돼버렸다. 나는 주먹밥을 허겁지겁 먹어치웠다. 런이 누나도 따라 먹었다.

굴 밖에선 주룩주룩 소나기가 그치질 않았다. 병풍바위는 온통 안개에 묻혀 굴도 안 보이고 물새도 보이지 않았다. 비에 젖은 등걸 잠방이는 축축하고 무럭무럭 김이 올라왔다 하지만 몸은 오실오실 떨려왔다. 그때 별안간 번쩍하더니 벼락이 건너편 병풍바위를 때리며 대포 소리보다도 무섭게 들려왔다. 병풍바위가 부서지면서 튀는 돌조각들이 굴 밖까지 날아왔다.

"우르릉— 꽝!"

하며 귀청을 찢었다. 벼락 소리에 놀란 나는 엉겁결에,

"엄마!"하고 울부짖으며 런이 누나 품으로 파고들었다. 천둥이 칠 때마다 양쪽 귀를 감싸주는 런이 누나가 엄마 닮았다. 거세던 천둥소리는 점점 멀리 들리고 런이 누나의 품속은 점점 따스해 왔다. 파란 입술이 되어 오들오들 떨던 런이 누나도,

"이 비가 언제나 그치냐?"

걱정하면서도 나를 꼬옥 감싼 팔을 풀어주지 않았다. 천 둥도 그치고 번개도 그쳤지만 나는 그 품속을 벗어나기가 싫 었다. 아니 따스한 련이 누나의 품안이 좋았다. 하지만 스르 르 감겨져 오는 졸음은 참을 수가 없었다. 건너편 멀리 병풍 바위 밑을 보니 홍렬이가 기어오르고 있었고 그 뒤로 태연이 도 기어오르고 오문이도.

홍렬이가 물새굴에 손을 집어넣으려는데 매달려 있던 줄 이 그만 끊어지고 말았다. 그는 밑으로 풀썩 떨어졌다. 그 다음에 오르던 태연이도 신이 나게 올라가다가 또 떨어지고 말았다. 바라만 보던 나는 더 이상 보고만 있을 수가 없었다.

"야— 비켜, 내가 올라갈게. 그것도 못 올라?"

나는 자신 있게 제일 싱싱한 칡넝쿨을 잡았다. 그리고 힘 차게 줄을 타기 시작했다. 올라갈수록 안산동 집 너머 멀리 호밀밭이 아스라이 보였다.

이윽고 나는 조심스레 물새 굴에 손을 집어넣었다. 깊이 넣을수록 굴속은 따스했다. 드디어 따뜻한 새알이 손에 와 닿았다. 물새알은 인절미같이 말랑말랑했다. 터질세라 조심 조심 알을 잡아보았다. 그런데 이게 웬일인가? 인절미같이 말랑말랑한 새알이 찐빵 만하게 커지는 게 아닌가! 하긴 클

수록 약에 좋다고도 했다. 그런데 굴에서 손이 빠지질 않았다. 있는 힘을 다해 손을 빼려 하였으나 점점 물새알이 커져서 뺄 수가 없었다. 누군가가 물새알을 놓아주면 손을 뺄 수 있다고 했다. 하지만 엄마를 생각하면 놓아 줄 수가 없었다. 찐빵처럼 커진 물새알을 힘을 주어 힘껏 잡아 당겼다.

"픽!"

뭉클하던 새알이 그만 터지고 말았다

"아, 새알이 터졌어— 아앙!"

마구 울어대는데 이때,

"울긴 왜 울어? 어디 아파?"

련이 누나가 가만히 흔들어 깨웠다. 그 소리에 나는 부스스 눈을 떴다.

"어? 내 물새알—?"

내가 잡은 것은 물새알이 아니었다. 인절미도 찐빵도 아니었다. 나는 련이 누나의 베적삼속의 찐빵만한 물새알을! 놓치지 않고 그대로 움켜쥐고 있었다. 나는 병풍바위 쪽으로 시선을 내리깔았다. 방금 물새알을 꺼내던 친구들이 보이질 않았다. 다만 따끈한 볕살만이 굴속을 데워주고 있었다.

어느새 친구들은 노송산을 빠져나갔다. 나는 련이 누나와 함께 절에서 보래개떡 한 쪽씩을 얻어들고 내려갈 때 스님이 통소 하나를 내주셨는데 그것은 아버지가 부시던 통소였다.

오늘도 어제 밤과 같이 호랑이눈썹달이 서산 위에 떠있었다. 우리는 우무실 실개천 둑을 따라 뛰었다. 멀리 안산동에 한 집 두 집 불빛이 비치기 시작했다. 호랑이눈썹달마저 숨어버린 개천길은 점점 어두워가고 있었다.

엄마는 동생을 업고 모랭이 동구 밖까지 나와 계셨다. 하지만 나는 아버지도 물새알도 보지 못했다고 했다. 굴바위에 가 보니 아버지들은 보이지 않고 비만 억수같이 퍼부어서 이리 늦었다고 했다. 나는 너무 늦게 와서 또 종아릴 맞나 싶어 련이 누나 등 뒤에서 어머니 눈치만 살폈다. 나는 얼른 보자기에 싼 통소를 엄마 앞에 내밀었다.

"아니! 이건? 아버지 통소 아니냐?"

어머니는 그 통소를 보자마자 아버지 거라고 했다. 통소는 아버지가 즐겨 부시던 것으로 그 소리가 참 구성지고 듣기 좋았었다. 그러나 나는 통소를 불어 보았지만 제대로 소리를 내지는 못했다.

그 다음 날 나는 키보다 큰 아버지 지게를 걸머지고 마곡산에 나무를 하러 갔다. 주먹밥에 통소를 싸들고 근찬이 형을 따라 갔다. 어머니는 통소 속에서 아버지의 쪽지 편지를 펴보시고 아버지가 며칠 전에 노송산에서 마곡산으로 피란

처를 옮겼다는 것을 알았다. 나는 그 다음날부터부터 질질 끌리는 지게를 짊어지고 자재기뜰을 지나 황샛말 솔마루까지 나무를 하러 올라갔다. 근찬이 형은 거기서 나무를 하자고 했다. 하지만 나는 말바위까진 더 가야 한다고 했다. 어머니는 말바위에서 퉁수를 불면 아버지가 오실 거라 했다. 그래서 만나 주먹밥을 전하라고 했다.

그래서 나는 혼자 황샛말 솔마루를 넘어갔다. 산은 점점 깊어만 갔고 아름다운 철쭉꽃이 만발한 계곡엔 이름 모를 산새들의 노래소리만 들려왔다. 새들의 노래를 따라 부르는 나는 마냥 즐거웠다. 말바위는 작년에 소풍 왔던 곳이다. 보물 찾기로 연필 한 자루를 탔었다. 나는 그래서 이곳이 좋았다. 그리고 주위엔 옹달샘도 있고 특히 주변엔 이름 모를 꽃들과 빨갛게 익은 보리수가 흐드러지게 많아서 좋았다.

나는 말바위 위에 지게를 내려놓고 산새 소리에 맞춰 퉁소를 불기 시작했다. 하지만 -삐-익, 삐—익! 하며 벙어리 소리만 났다. 점심때가 가까워지자 다급해졌다. 어머니가 점심때 말바위에서 퉁소를 불면 아버지가 오신다고 했기 때문이다. 퉁소를 가지고 씨름을 하고 있는데 건너편 산골짜기에서 -딱- 딱. —. 하는 소리가 들려오는 듯했다. 산 딱따구리 소리 같기도 하고 나무꾼이 나뭇가지를 꺾어내는 소리 같기도 했다. 나도 작대기에 낫을 매어 꼽고 말라죽은 소나무가지(삭쟁이)를 꺾어 내렸다.

'따악!'

하고 솔가지가 꺾어지는 소리가 산자락을 울렸다. 저 산에서도 -딱-, 이 산에서도 -따악- 나는 솔가지 한 아름을 꺾고 나서 또 퉁소를 불기 시작했다. 아버지가 즐겨 부르시던 양산도도 뻐꾸기 타령도 그리고 아리랑도 불어댔다. 그러나 귀먹은 소리만 메아리가 되어 이산 저산을 돌고 돌다 되돌아왔다.

바로 그때 멀리 맞은편 계곡 쪽에서 삭정이를 잔뜩 짊어진 나무꾼이 하나 내려오고 있었다. 나는 있는 힘을 다해 퉁소를 불어댔다. 퉁소 소리는 산새 소리와 함께 메아리를 뽑아냈다. 그러나 아버지 퉁소 소리는 들은 척도 하지 않는 나무꾼은 그대로 산비탈을 내려가고 만다.

나는 엄마 말대로 주먹밥을 말바위 뒤에 있는 작은 바위 굴속에 놓고 오면 되는 것이다. 매일 그게 내가 해왔던 일이다. 그 주먹밥은 아버지가 그날 밤에 내려와 가지고 가시는 것이다. 엄마의 말을 믿고 지금까지 그대로 해 왔다. 그날부터 나는 꼬마 나무꾼이 되었다.

전쟁 중이지만 다른 친구들은 그래도 학교엘 다녔다. 인민군 노래도 배우고 이북 애국가 장백산도 배우고 공부도 한다고 했다. 하지만 나는 학교에 가서 친구들과 놀고 싶고 공부도 하고 싶었지만 학교 가 봐야 공산당 교육이나 받게 되니 인민군이 물러가면 그때나 보내준다는 엄마 말을 믿고 매일 나무지게를 걸머지고 마곡산에 가서 퉁소를 불었다. 아버지는 깊은 산속에 숨어 계시다 퉁소 소리를 듣고 어두워지면 말바위 속에서 주먹밥을 꺼내 가지고 다시 산속으로 숨으셨다.

그렇게 하면서도 아버지를 만나보지는 못했다. 그러나 전날 가져다 놓은 주먹밥이 없어진 것을 보면 아버지가 다녀가신 것은 분명했다. 어떤 날은 주먹밥과 잠방이도 빨아 놓았는데 다음날 주먹밥과 잠방이도 없어진 것으로 보면 틀림없이 아버지가 다녀가신 것이다. 하루는 아버지 주먹밥을 말바위에 가져다 놓고 까치집 만하게 소나무 한 짐을 지고 내려오다가 인두매미 신작로에서 송곡초등학교 정백영 선생님을 만났다.

"야, 너 솔뫼 아니냐?"

"네, 선생님."

"야, 다른 친구들은 다 나오는데 넌 왜 안 나오냐?"

"저……"

"아, 나무하느라 못 나오는구나?"

"……."

"나무는 일요일 날 하고 학교엔 와야지."

"……."

"아버진 어디 가셨느냐?"

"저기……. 네."

정겨운 정백영 선생님이 길을 막고 묻는 말에 나는 아버지가 인민군대에 끌려가지 않으려고 마곡산 말바위에 숨어 있어 매일 아버지 주먹밥을 싸다 드리기 위해 나무를 하러 다녀야 하기 때문에 학교에 갈 수 없다는 말을 하고 싶었다. 정백영 선생님은 우리 친척이라 알려주고도 싶었지만 누구한테도 말하면 아버지가 잡혀간다는 엄마의 말씀 때문에 입을 열 수가 없었다. 얼굴이 빨개진 나는 멀리 보이는 마곡산을 바라보고 나서 허리를 굽혀 인사했다.

"선생님 안녕히 가세요. 전 아직 나무를 해야 해요."

선생님은 우물실 박봉년이와 용구, 그리고 충현이 등 10여 명이 신작로 한복판을 손을 흔들어대며 멀어져 갔다. 나는 그들을 물끄러미 바라보다가 흔들던 팔을 힘없이 내렸다. 나도 그 애들과 같이 학교엘 다니고 싶었다. 헤어질 때 선생님은 저녁놀이 곱게 물든 마곡산 자락을 쳐다보시곤,

"그래— 아버지 오실 때까진 나무를 해야겠구나."

"네, 선생님."

나는 그후부터 마곡산에 나무 하러 가기가 싫어졌다. 친구들이 다니는 학교 길에서 나무지게를 지고 다니는 모습을 보여주고 싶지 않아서였다. 그런데 어느 날부터인가 말바위에 도착하면 솔 죽정이가 바위 옆에 한 짐이나 쌓여 있었다. 그 솔 삭정이를 바로 짊어지고 오면 하교시간보다 빨라서 동무들을 만나지 않아도 되었다. 친구들이 집에 올 때쯤이면 나는 이미 아버지가 해놓은 소나무 삭정이를 짊어지고 인두배미 신작로를 가로질러 오곤 했다.

나는 매일 아버지한테 주먹밥을 전하러가서 아버지가 해놓은 나무를 짊어지고 일찍 돌아올 수 있어 좋았으나 밭에서 농사일을 하시는 엄마를 도와드려야 했다. 그러나 땡볕에 쪼그리고 밭 매는 일을 하기는 정말 싫었다.

차라리 산에서 흐드러지게 피어 있는 꽃들과 산새 소리를 들으며 나무하는 것이 더 좋았다.

우리나라
자랑거리

읽을수록
기분 좋은 글

요즘은 시끄러워서 머리가 아픈데 그래도 기분이 좋고
자부심마저 생기는 자랑거리가 있어서 즐겁습니다.

영국 기자가 본 대한민국이라는 글이 도착하였습니다.

이 글로 인하여 조금이나마 한국인으로서의 자존심을 회
복케 되고 눈물이 나도록 애국심을 끓어오르게 해 주네요.

영국 기자가 대한민국 한국에서 15년간 기자생활을 한
마이클 브린이 쓴 '한국인을 말한다'에서 '한국인은 부패, 조
급성, 당파성 등 문제가 많으면서도 또한 훌륭한 점이 정말
많다'라고 표현한 32개 항목.

1. 평균 IQ 105를 넘는 유일한 나라.
2. 일하는 시간 세계 2위, 평균 노는 시간 세계 3위인 잠
   없는 나라.
3. 문맹률 1% 미만인 유일한 나라.

4. 미국과 제대로 전쟁했을 때 3일 이상 버틸 수 있는 8 개국 중 하나인 나라.

5. 세계 유일의 분단국가이며 아직도 휴전 중인 나라.

6. 노약자 보호석이 있는 5개국 중 하나인 나라.

7. 세계 2위 경제대국 일본을 발톱 사이의 때만큼도 안 여기는 나라.

8. 여성부가 존재하는 유일한 나라.

9. 음악 수준이 가장 빠르게 발전한 나라.

10. 지하철 평가 세계1위로 청결함과 편리함 최고 나라.

11. 세계 봉사국 순위 4위인 나라.

12. 문자 없는 나라들에게 UN이 제공한 문자 한글이다 있는 나라.(현재 세계3개 국가가 국어로 씀)

13. 가장 단기간에 IMF 극복해 세계를 경악시킨 나라.

14. 유럽 통계 세계 여자 미모 순위 1위인 대한민국.

15. 미국 여자 프로골프 상위100명 중 30명이나 들어간 나라.

16. 세계 10대 거대 도시 중 한 도시를 보유하고 있는 나라.(서울)

17. 세계 4대 강국을 우습게 아는 배짱 있는 나라.

18. 인터넷,TV, 초고속 통신망이 세계에서 최고인 나라.

19. 세계에서 가장 많은 발음을 표기할 수 있는 문자를 가진 나라.(한글 24개 문자)

20. 무슨 소리든 표현가능한 나라(일본은 300개, 중국은 400개에 불과)

21. 세계 각국 유수대학의 우등생 자리를 휩쓸고 있는 나라.(2위 이스라엘. 3위 독일)

22. 한국인은 유태인을 게으름뱅이로 보이게 하는 유일한 민족. 까칠하고 비판적이며 전문가 뺨치는 정보력으로 무장한 한국인.

23. 세계에서 가장 기가 센 민족. 한국인은 강한 사람에게 꼭 '놈'자를 붙인다.
    미국놈, 왜놈, 떼놈(중꾸놈),
    러시아놈. 등 무의식적으로 '놈'자를 붙여 깔보는 게 습관이 됐다.

24. 약소국에겐 관대하여 아프리카 사람, 인도네시아 사람, 베트남 사람 등 이런 나라엔 '놈'자를 붙이지 않는다.

25. 한국의 산야는 음양이 강하게 충돌하기 때문에 강할 수밖에 없다. 강한 기는 강한 종자를 생산한다.

26. 한.중.일 삼국 중 한국의 진달래가 가장 예쁘고, 인삼

의 질도 월등하다. 물맛도 최고고, 음식도 정말 맛있다.

27. 세계에서 한국의 꿩처럼 아름다운 꿩이 없고 한국의 한우처럼 맛있는 고기는 없다.

28. 한국인이야말로 세계에서 가장 기가 강한 민족이다.

29. 한국의 독립운동사만 봐도 알 수 있다. 중국은 광활한 대륙, 끝없는 사막, 넓은 고원을 언급하며 스스로를 대인(大人)이라고 부르지만 천만의 말씀이다. 얼핏 대륙에서 태어난 중국인이 마음도 넓고 강할 것 같지만. 결정적으로 보면 한국보다 기(氣)가 약하다. 1932년 일본이 중국에 만주국을 건설하고 1945년 패망하기까지 13년 동안, 난징대학살을 포함 일본에 의해 죽은 사람은 3,200만명에 육박했다. 그러나 중국인이 일본 고위층을 암살한 경우는 거의 전무했다. 그에 비해 한국은 만 35년 동안 3만 2천 명으로 중국 피학살자의 천분의 1에 불과했지만 일본 고위층 암살 시도와 성공 횟수는 세계가 감탄할 정도였다.

1909년 안중근 의사는 하얼빈역에서 전 일본총리 이토 히로부미를 살해했고,

1932년 이봉창 의사는 도쿄에서 일왕(日王)에게 폭탄을

던졌으며, 같은 해 윤봉길 의사는 상해에서 폭탄을
던져 상해 팔기군 시라가와(白川)대장등 일제 고위
장성 10여명을 살상했다.

1926년에는 나석주 의사가 민족경제파탄의 주범인 식산
은행 동양척식주식회사에 폭탄을 투척하고, 조선철
도회사에서 일본인을 저격한 뒤 자살했다.

30. 중국과 한국은 타고난 기가 다르다. 광활한 대륙은
기를 넓게 분산시킨다. 기운 빠지는 지형이다. 반면
한반도는 좁은 협곡 사이로 기가 부딪혀 세계에서 가
장 기가 센 나라가 됐다. 기가 센 나라에서 태어났으
니 기 센 국민이 될 수밖에 없다.

31. 1945년 해방 무렵, 한국은 파키스탄 제철공장으로
견학 가고 필리핀으로 유학을 떠났다. 이제는 역으로
그들이 한국으로 배우러 온다. 국력으로 치자면 끝에
서 2,3번째 하던 나라가 이제 세계 10위권을 넘보고
있다.

32. 현재 한국은 중국에게 리드당할까 봐 겁내고 있다.
절대 겁내지 마라. 중국과 한국은 기(氣)부터 다르
다. 세계 IT 강국의 타이틀은 아무나 갖는 자리가
아니다. 180년 주기로 한국의 기운은 상승하는데,

지금이 바로 그때다. 어느 정도의 난관이 있을지는 모르지만 틀림없이 이를 극복하고 도약하리라 믿는다.

한국의 객관적 지표들이 현저히 나빠지고 있다. 보다 큰 불행의 전주곡들도 여기저기서 들려오는 듯하다. 하지만, '궁즉통 극즉반(窮則通 極則反:궁하면 통하고 극에 달하면 반전하게 된다)이라 하였으니 머지않아 반전의 기회가 오리라 믿는다.

한국인은 필리핀이나 아르헨티나, 그리스처럼 추락할 때까지 절대 지켜만 보고 있지는 않을 것이기 때문이다.

대한민국! 파이팅!!

힘내라! 대한민국!!

얕은 생각 깊은 생각
최명덕

일본 / 사무라이

김소운의 「목근 통신」에

떡집 주인이 사무라이를 찾아왔다. 사무라이 아들이 떡을 훔쳐 먹었다는 것이었다. 어린 아들은 먹지 않았다고 했다. 하지만 사무라이는 그 자리에서 칼을 들어 아들 배를 갈랐다. 떡이 나오지 않자 사무라이는 떡집 주인 목을 치고 자기도 배를 그어 자결했다.

한국 / 문인재상 윤회 (尹淮:1380~1436)는 조선조 세종 때의 이름난 文臣)

이긍익의 「연려실기술」에

세종이 아꼈다는 조선시대 문인재상 윤회가 젊어서 여행 길에 올랐을 때 일이다. 여관 주인이 '방이 여의치가 않다'하여 윤회는 뜰에 앉아 기다리고 있었다.

그때 주인집 아이가 진주를 갖고 놀다가 떨어뜨렸고, 곁에 있던 거위가 진주를 삼켜 버렸다. 주인은 윤회를 의심하여 묶어두고 날이 밝으면 관아에 고발하기로 했다. 윤회는 "저 거위도 내 곁에 매어 두라"고 했다. 이튿날 아침, 거위

뒷구멍에서 진주가 나왔다. 주인이 "어제는 왜 말하지 않았소?"하고 문자 윤회가 대답했다. "어제 말했다면 주인장은 필시 거위 배를 갈라 구슬을 찾았을 것 아니오."

사무라이는 혈기의 힘을 빼지 않고 자기 자존심을 지키기 위해 사랑하는 아들의 배를 갈랐고 떡집 주인도 죽였고, 자신도 죽었다. 반면 윤회 선생은 도둑으로 오해받는 것이 괴로웠지만 참고 한밤을 기다렸다. 그 결과 자신은 물론, 거위의 목숨도 지켰다. 사무라이와 윤회를 통해 무엇을 배울까?

새길 한 마디

친구와 약속을 어기면 우정友情에 금이 가고
자식과 약속을 어기면 존경尊敬이 사라지며
기업과 약속을 어기면 거래去來가 끊어진다.

자기 자신과의 약속엔 부담을 느끼지 않는다. 그러나 내가 나를 못 믿는다면 세상에 나를 믿어줄 사람은 없다.

뛰려면 늦지 않게 가고 어차피 늦을 거라면 뛰지 마라.

후회할 거라면 그렇게 살지 말고 그렇게 살 거라면 절대 후회하지 마라. 죽은 박사보다 살아 있는 바보가 낫다.

그래서 자식을 잘 키우면 국가의 자식이 되고 그 다음으로 잘 키우면 장모의 아들이 되고 적당히 키워야 내 자식이 된다는 말이 잇다.

하수도가 막혔다고 미국에 있는 큰아들을 부를 수 없고 서울에 있는 작은아들도 부를 수 없다. 일 년에 겨우 한두 번 볼까말까 한 아들이 내 아들이라고 할 수도 없다. 평생에 한두 번 볼 수 있고 사진을 통해서나 겨우 만날 수 있는 손자들이 내 손자라고 말할 수 있을까?

'Family'의 어원은 Father And Mother I Love You '아버지, 어머니 나는 당신들을 사랑합니다'이나.

꽃은 피어도 소리가 없고 사내는 울어도 눈물이 없고 사랑은 불타도 연기가 없다.

권세와 명예, 부귀영화富貴榮華를 가까이 하지 않는 사람을 청렴결백清廉潔白하다고 하지만 가까이 하고서도 이에 물들지 않는 사람이야말로 더욱 청렴清廉하다 할 수 있다.

권모술수權謀術數를 모르는 사람은 고상하다고 말하지만 권모술수를 알면서도 쓰지 않는 사람이야말로 더욱 고상한 인격자이다. 예쁜 여자를 만나면 3년이 행복하고, 착한 여자를 만나면 30년이 행복하고, 지혜로운 여자를 만나면 삼대가 행복하다.

『한국크리스천문학』 등단, 저서 『유대교의 기본진리』 외 다수, 건국대 히브리학과, 문화콘텐츠학과 교수, 한국이스라엘연구소 소장, 한국이스라엘문화원 이사, 조치원성결교회 담임목사

허정 박사 의학상식

1932년생으로 현재도 서울대 의대 명예교수로 활동하는 허정의 100세 건강법을 소개합니다.

* 음식은 골고루, 과식은 금물(저녁을 적게 먹어라)
* 고기를 많이 먹자.(너무 채식 위주로 빠지지 말라)
* 커피와 술, 마음껏 마셔라.(몸이 허락하는 적정선까지
* 약은 되도록 적게 먹자.(잠이 올 때 자라)
* 단골의사 만들자(종합병원) 오래 기다리고 값만 비싸다
* 닭고기는 어떤 병에도 나쁘지 않다 = 당뇨병이나 고혈압 등에 닭고기가 좋지 않다고 하나 근거는 없다. 한방 요법 때도 특별히 닭고기를 가려야 할 이유가 없다.
* 우유 마신 뒤의 설사를 두려워 말라 =처음 마실 때 설사하는 경우가 있다. 그러나 계속 마시면 자연히 멎는다. 설사를 해도 영양분은 체내에 그대로 남는다.
* 무는 뿌리보다 잎이 더 좋다 =무 잎은 뿌리보다 영양

가가 훨씬 높다. 뿌리는 사람이 먹고 잎은 버리거나
소, 돼지에게 주는 것은 알고 보면 바보 같은 일이다.
* 블랙커피는 몸에 해롭다 =블랙커피만 마시면 위장과
심장에 좋지 않고, 동맥경화증에 걸리기 쉽다. 반드시
크림이나 우유를 넣어 마셔야 한다.
* 채식만으로 오래 살진 않는다 =서양의 채식 장려는 고기
를 먹되 야채분량을 늘리라는 뜻이다. 야채만이 최선이라
는 생각은 잘못이다. 고기 없는 채식은 위험하다.
* 맵게 먹어도 머리는 나빠지지 않는다 =너무 맵게 먹을
때 위장장애가 오는 건 사실이다. 그러나 머리를 나쁘
게 한다는 것은 잘못된 상식이다.
* 슬플 땐 우는 게 위에 좋다=슬프거나 괴로우면 울어라.
눈물을 흘리면 위 운동이 활발해지고 위액도 많이 나온
다. 남자도 체면 가리지 말고 울어라.
* 코피가 난다고 머리를 뒤로 젖혀선 안 된다 = 코피를
쏟을 때 머리를 뒤로 젖히면 피가 기관을 통해 폐로 들
어가 합병증을 유발할 수 있다. 머리는 똑바로 하라.
* 행주에 돈을 아끼지 말라 =가정주부들이 뜻밖으로 행
주에 무신경하다. 조사결과 95%의 행주에서 대변에서
나 나오는 대장균이 검출됐다. 늘 삶고 소독하라.

* 감기는 추워서 걸리는 게 아니다 =감기는 바이러스에
  의한 전염병이다. 아무리 춥거나 옷이 비에 젖더라도
  그 때문에 감기에 걸리는 일은 없다.
* 단 음식을 먹어도 당뇨병은 안 생긴다 =설탕을 먹으면
  당뇨병 환자가 된다는 건 매우 소박한 논리의 비약이다.
  오히려 과식이 비만증을 불러 당뇨병이 되기 쉽다.
* 탄 음식을 먹는다고 암에 걸리는 건 아니다 =육고기와
  생선을 구워 먹지 않고 지낼 필요가 없다. 암은 유전병
  이 아니며 탄 음식을 먹는다고 생기는 것도 아니다.
* 꿈을 많이 꾼다고 허약한 건 아니다 =꿈은 몸이 허해
  서 꾸는 게 아니다. 침실 환기 등 주변 정리가 안 됐거
  나 근심거리가 많을 때 생기기 쉽다.
* 노인일수록 잠을 적게 자서는 안 된다 =나이가 들수록
  주간활동에 따른 피로가 심하고 회복에도 많은 시간이
  필요하다. 따라서 늙으면 잠을 더 많이 자야 한다.
* 구두는 오후에 사라 =발은 움직일 때 약간 커진다. 따
  라서 피혁 제품인 구두는 활동으로 발이 충분히 커진
  오후에 사는 게 좋다. 신발은 여유가 있어야 한다

◆우리말 고운 말◆

살려 쓰고 싶은 고운 우리말

손씻이 : 남의 수고에 보답하는 마음으로 적은 물건을 주는 일.
　　　　또는 그 물건.
자릿내 : 오래도록 빨지 아니한 빨랫감에서 나는 쉰 듯한 냄새.
새물내 : 빨래하여 이제 막 입은 옷에서 나는 냄새.
사그랑이 : 다 삭아서 못 쓰게 된 물건.
비거스렁이 : 비가 갠 뒤에 바람이 불고 기온이 낮아지는 현상.
볏바리 : 뒷배를 보아주는 사람.
물물이 : 때를 따라 한목씩 묶어서 '이 상점에 물물이 들어오는
　　　　채소는 신선하다.'
먼지잼 : 비가 겨우 먼지나 날리지 않을 정도로 조금 옴.
물너울 : 바다와 같은 넓은 물에서 크게 움직이는 물결.
된비알 : 몹시 험한 비탈.
들떼놓고 : 꼭 집어 바로 말하지 않고.
땟물 : 겉으로 드러나는 자태나 맵시.
똘기 : 채 익지 않은 과일.
마뜩하다 : 제법 마음에 들 만하다.
대궁 : 먹다가 그릇에 남긴 밥.

댓바람 : 일이나 때를 당하여 서슴지 않고 당장.

도사리 : 다 익지 못한 채로 떨어진 과실.

동살 : 새벽에 동이 틀 때 비치는 햇살.

글속 : 학문을 이해하는 정도.

너름새 : 너그럽고 시원스럽게 말로 떠벌려 일을 주선하는 솜씨.

너울가지 : 남과 잘 사귀는 솜씨. 붙임성이나 포용성 따위를 이른다.

날림치 : 정성을 들이지 아니하고 대강대강 아무렇게나 만든 물건. (= 날림)

너볏하다 : 몸가짐이나 행동이 번듯하고 의젓하다.

낫잡다 : 금액, 나이, 수량, 수효 따위를 계산할 때에 조금 넉넉하게 치다.

곰비임비 : 물건이 거듭 쌓이거나 일이 계속 일어남

괴발개발 : 고양이의 발과 개의 발이라는 뜻으로, 글씨를 되는대로 아무렇게나 써놓은 모양을 이르는 말.

구뜰하다 : 변변하지 않은 음식의 맛이 제법 구수하여 먹을 만하다.

구쁘다 : 배 속이 허전하여 자꾸 먹고 싶다.

구순하다 : 서로 사귀거나 지내는데 사이가 좋아 화목하다.

가멸다 : 재산이나 자원 따위가 넉넉하고 많다.

감투밥 : 그릇 위까지 수북하게 담은 밥.

감풀 : 썰물 때에만 드러나 보이는 넓고 평평한 모래벌판.

겨끔내기 : 서로 번갈아 하기.

✦ 일본식 한자말 ✦

우리말 바로 쓰기

일제강점 후 일본은 일상용어조차도 일본식으로 쓰도록 했고, 또 우리 지식인이란 사람들도 비판 없이 받아쓰곤 한 것이 바로 아래의 말들이다.

1. 가봉(假縫, かりぬい) ⇨ 시침질
2. 가처분(假處分, かりしょぶん) ⇨ 임시처분
3. 각서(覺書, おぼえがき) ⇨ 다짐 글, 약정서
4. 견습(見習, みならい) ⇨ 수습
5. 견적(見積, みつもり) ⇨ 어림셈, 추산
6. 견출지(見出紙, みだし紙) ⇨ 찾음표
7. 계주(繼走, けいそう) ⇨ 이어달리기
8. 고수부지(高水敷地, しきち) ⇨ 둔치, 강턱
9. 고지(告知, こくち) ⇨ 알림, 통지
10. 고참(古參, こさん) ⇨ 선임자
11. 공임(工賃, こうちん) ⇨ 품삯
12. 공장도가격(工場渡價格, こうじょうわたしかかく) ⇨ 공장값
13. 구좌(口座, こうざ) ⇨ 계좌

14. 기라성(綺羅星, きら星) ⇨ 빛나는 별

15. 기중(忌中, きちゅう) ⇨ 상중(喪中:기(忌)자의 뜻은 싫어하다, 미워하다. 상(喪)자는 죽다, 상제가 되다.

16. 기합(氣合, きあい) ⇨ 혼내기, 벌주기

17. 납기(納期, のうき) ⇨ 내는 날, 기한

18. 납득(納得, なっとく) ⇨ 알아듣다, 이해

19. 낭만(浪漫) ⇨ 로망(Romance:낭(浪)자는 '물결, 파도' 란 뜻이고, 만(漫)자는 넘쳐흐른다는 뜻.

20. 내역(內譯, うちわけ) ⇨ 명세

21. 노임(勞賃, ろうちん) ⇨ 품삯

22. 대금(代金, だいきん) ⇨ 값, 돈

23. 대절(貸切, かしきり) ⇨ 전세

24. 대하(大蝦, おおえび) ⇨ 큰새우

25. 대합실(待合室, まちあいしつ) ⇨ 기다리는 곳, 기다림방

26. 매립(埋立, うめたて) ⇨ 메움

27. 매물(賣物, うりもの) ⇨ 팔 물건, 팔 것

28. 매상고(賣上高, うりあげだか) ⇨ 판매액

29. 매점(買占, かいしめ) ⇨ 사재기

30. 매점(賣店, ばいてん) ⇨ 가게

31. 명도(明渡, あけわたし) ⇨ 내어줌, 넘겨줌, 비워줌

32. 부지(敷地, しきち) ⇨ 터, 대지

33. 사물함(私物函, しぶつばこ) ⇨ 개인 물건함, 개인보관함

34. 생애(生涯, しょうがい) ⇨ 일생, 평생

35. 세대(世帯, せたい) ⇨ 가구, 집

36. 세면(洗面, せんめん) ⇨ 세수

37. 수당(手當, てあて) ⇨ 덤삯, 별급(別給)

38. 수순(手順, てじゅん) ⇨ 차례, 순서, 절차

39. 수취인(受取人, うけとりにん) ⇨ 받는 이

40. 승강장(乘降場, のりおりば) ⇨ 타는 곳

41. 시말서(始末書, しまっしょ) ⇨ 경위서

42. 식상(食傷, しょくしょう) ⇨ 싫증남, 물림

43. 18번(十八番, じゅうはちばん) ⇨ 장기, 애창곡
    (일본 가부끼 문화의18번째)

44. 애매(曖昧, あいまい) ⇨ 모호(더구나 '애매모호'라는
    말은 역전 앞과 같은 중복된 말)

45. 역할(役割, やくわり) ⇨ 소임, 구실, 할 일

46. 오지(奧地, おくち) ⇨ 두메, 산골

47. 육교(陸橋, りっきょう) ⇨ 구름다리(얼마나 아름다
    운 낱말인가?)

48. 이서(裏書, うらがき) ⇨ 뒷보증, 배서

49. 이조(李朝, りちよう) ⇨ 조선(일본이 한국을 멸시하는 의미로 이씨(李氏)의 조선(朝鮮)이라는 뜻의 '이조'라는 말을 쓰도록 함. 고종의 왕비인 '명성황후'를 일본제국이 '민비'로 부른 것과 같은 것.

50. 인상(引上, ひきあげ) ⇨ 올림

51. 입구(入口, いりぐち) ⇨ 들머리(들어가는 구멍이라는 표현은 우리 정서에 맞지 않는다. 오히려 '들어가는 머리'라는 말은 얼마나 정겨운가?)

52. 입장(立場, たちば) ⇨ 처지, 태도, 조건

53. 잔고(殘高, ざんだか) ⇨ 나머지, 잔액

54. 전향적(前向的, まえむきてき) ⇨ 적극적, 발전적, 진취적

55. 절취선(切取線, きりとり線) ⇨ 자르는 선

56. 조견표(早見表, はやみひよう) ⇨ 보기표, 환산표

57. 지분(持分, もちぶん) ⇨ 몫

58. 차출(差出, さしだし) ⇨ 뽑아냄

59. 천정(天井, てんじよう) ⇨ 천장(天障:하늘의 우물이라고 보는 것은 일본인이고, 우리나라는 하늘을 가로막는 것이란 개념을 가지고 있다)

60. 체념(諦念, ていねん)⇨ 단념, 포기

61. 촌지(寸志, すんし) ⇨ 돈봉투, 조그만 성의(마디 촌 (寸),뜻 지(志)를 쓴 좋은 낱말로 얘기하지만 실제론 일본말 이다)

62. 추월(追越, おいこし) ⇨ 앞지르기

63. 축제(祝祭, まつり) ⇨ 잔치, 모꼬지, 축전(우리나라 에서는 잔치와 제사가 다르지 않을까?)

64. 출산(出産, しゅつさん) ⇨ 해산

65. 할증료(割增料, わりましりょう) ⇨ 웃돈

66. 회람(回覽, かいらん) ⇨ 돌려보기, 어떤 사람은 한자말 을 쓰는 것이 말을 줄여 쓸 수 있어 좋다고 하지만 실제론 강턱(고수부지), 공장 값(공장도가격)처럼 오히려 우리말 이 짧은 경우도 있어 설득력이 없다. 또 다른 낱말인 매점 (買占, 賣店)의 경우 차라리 사재기, 가게라는 말을 씀으 로써 말뜻이 명쾌해지는 이점이 있다. 괜히 어쭙잖은 일본 식 한자말을 쓰기보다는 아름다운 우리말, 우리식 한자말 을 사용하는 것이 얼마나 좋을까?

일본식 외래말

일본 문자로는 영어발음을 제대로 표기하지 못하여 엉터 리로 일본사람들이 잘못 만들어 놓은 외래어를 비판 없이 받 아쓰는 것은 우리의 자존심을 저버린 행위이다.

'판도라 상자'의 유래

신들의 우두머리 제우스는 프로메테우스가 인간에게 신들만이 가질 수 있는 불을 준 것을 무척 못마땅하게 생각했다. 그래서 프로메테우스의 동생인 에피메테우스를 이용해서 인간들을 곤경에 빠뜨리기로 했다. 제우스는 대장장이의 신인 헤파이스토스에게 진흙으로 여자를 빚으라고 명령했다. 그 여자에게 제우스는 생명을, 아프로디테는 아름다움을, 헤르메스는 말솜씨를, 아폴론은 음악의 재능을 주었다. 그 아름다운 여인의 이름은 '판도라'였다. 판도라를 본 에피메테우스는 첫눈에 반했다. 형 프로메테우스가 이렇게 주의를 주었다. "신들이 주는 선물을 좋아하지 마라. 반드시 뭔가 꿍꿍이속이 있을 거야." 하지만 에피메테우스는 판도라를 아내로 맞이했다. 제우스는 판도라를 보내면서 작은 상자 하나를 주었다. "이것은 신들이 인간에게 주는 선물이다. 하지만 절대로 열어 보면 안 된다." 행복하게 지내던 어느 날, 판도라는 문득 그 상자 안에 무엇이 들어 있는지 궁금해졌다. 절대 열어 보지 말라는 말 때문에 더더욱 궁금했다. 판도라가 상자의 뚜껑을 연 순간, 욕심, 시기, 원한, 질투, 복수, 슬픔, 미움 등의 재앙들이 세상으로 쏟아져 나왔다. 깜짝 놀란 판도라가 상자 뚜껑을 닫았을 때 그 안에 남은 것은 딱 하나, 희망이었다. 그것을 안 판도라는 희망을 꺼내주었다. 사람들은 아무리 힘든 일을 겪더라도 희망 덕분에 어려움을 이겨 낼 수 있었다. 그 뒤로 알아 봤자 좋을 게 없거나 위험한 비밀을 '판도라의 상자'라고 부르게 되었다.

잊혀진 독립군의 역사

최 용 학

1930년대 만주 지역 무장 독립 전쟁의 전개

만주사변(1931.9)
일제가 만주에 침략

한중 연합군 결성
· 남만주: 조선 혁명군
· 북·동만주: 한국 독립군
· 항일 유격대 활동

치치하얼

ㅇ하얼빈
쌍성보 전투 (1932)
사도하자 전투 (1933)
대전자령 전투 (1933)

만주국 수립 (1932. 3)
창춘(신경)
닝안 (영안)
동경성 싸움 (1933)

지린(길림)
경박호 전투 (1932)
블라디보스토크

푸순(무순)
옌지 (연길)

펑텐(봉천)
영릉가성 전투 (1932)

청진ㅇ

흥경성 전투 (1933)

ㅇ신의주

✦ 조선 혁명군 (총사령 양세봉)
✦ 한국 독립군 (총사령 지청천)
◼ 독립군과 중국군의 활동 지역
◼ 1931년 이전의 일본군 점령지
◻ 1932년의 일본군 점령지

ⓒdoopedia.co.kr

    나라와 민족을 위해 목숨 바쳐 침략자들과 싸운 독립군의 항일전 중에서 대표적인 봉오동전투와 청산리전투는 모두 잘 알고 있지만, 그 밖의 전투에 대해서는 아직도 잘 모르고 있는 후손들이 많기 때문에, 이번에는 이런 독립군의 지나간 역사 중에서 우리 후손들이 꼭 알아야 될 중요한 독립전쟁에 대해 알려 드리게 되었다.

이렇게 침략자들을 물리치기 위해 목숨 바쳐 싸운 순국 선열만도 수십만 명에 달하지만, 이번에 새로 알려 드리는 독립 전쟁을 주도한 단체와 대표적인 사령관 등, 관련 인사 몇 분을 비롯해서 계속 침략자들을 물리치기 위해 목숨 바쳐 싸웠던 중요한 내용들을 간단히 정리 하였다.

먼저 만주나 연해주에서 싸웠던 중요한 독립군 단체로는 북로군정서(北路軍政署)와 대한독립군(大韓獨立軍)을 비롯해서 고려혁명군(高麗革命軍), 서로군정서(西路軍政署), 한국독립군(韓國獨立軍), 조선혁명군(朝鮮革命軍) 등등 수많은 독립군 단체들이 조성되어, 계속 침략자들을 물리치기 위해 목숨 바쳐 싸웠던 것이다.

이러한 내용들을 모두 정리하기는 어렵기 때문에, 이번에는 1920년에 있었던 대표적인 봉오동전투나 청산리전투 이후에, 일제가 조성한 만주국이 세워지기 전후에도, 계속 목숨을 걸고 침략자들을 물리치기 위해 싸웠던 전투 중에서, 1930년 이후에 북 만주에서 침략자들을 크게 물리쳤던 아성현 전투, 쌍성보전투, 대전자령 전투 등 아직까지도 잘 알려지지 않은 항일 전투와 중요한 독립 유공자들의 공적 등에 대해서 간단히 찾아보았다. 일제 침략 당시에 중국 만주에서는 1930년 9월 18일에 만주사변이 일어났다. 이러한 만주

사변은 일제 관동군이 만주를 일제의 병참기지로 만들어 중
국까지 식민지화하기 위한 사전 계획으로 추진했던 사변이
었다. 이러한 침략자들의 은밀한 계획으로 만주국이 구성되
었고, 1932년 1월에는 일제의 괴뢰정권인 만주국이 세워졌
던 것이다. 이러한 만주사변이 있었던 1930년대를 전후한
어려운 여건 속에서도, 우리 독립군들은 침략자들을 물리치
기 위해서 쉬지 않고 계속 싸웠던 것이다.

특히 김좌진 장군과 함께 계속 활동했던, 백산 지청천 (白
山 池青天, 1888 ~ 1957) 장군은 1930년 초에 산시 (山市)에
서 김좌진 장군이 순국하자, 다시 한국독립군을 조직해서 총
사령관으로 활동했으며, 당시에 있었던 여러 전투에서 큰 승
리를 이끌었던 분이다. 그 대표적인 전투가 일제 만주국이
세워지기 전후에 북 만주에서 한국독립군을 이끌고 1932년
9월에 이어서 11월에 침략자들을 크게 물리쳤던 쌍성보전투
로 성을 점령하는 전투가 있었으며, 이 시기를 전후해서도
여러 전투가 계속되었던 것이다.

다음은 이 전투에 참전했던 백강 조경한(白岡 趙擎韓) 선생
이 광복 후에 남겼던 시(詩)로서 이러한 내용을 간단히 알려
드리도록 하겠다.

쌍성보를 쳐서 점령

달 밝은 추석 밤에 웅대한 쌍성을 쳐서 점령했네!
왜군과 만주군이 서쪽으로 도망가니
벌판 곡식 사이로 피비린 가을바람만 불어오누나

육군무관학교 시절 기념사진
(앞줄 중앙이 이청천, 뒷줄 왼쪽 2번째 엄항섭, 맨 오른쪽 이범석)

이러한 전투를 이끌었던 지청천 장군은 이청천(李靑天) 장군으로 불리기도 하였는데, 이번에는 이 분의 공적을 간단히 알려드린다.

지청천 장군은 서울 종로 출신으로, 1906년 18세 때 서울에 있었던 배재학당, 그리고 1908년에는 대한제국육군 무관학교를 졸업했는데, 다음은 육군 무관학교를 함께 다녔던 분들의 사진이다.

이후 1910년에는 일본 동경에 있는 육군유년학교를 졸업하고, 이어서 일본의 육군사관학교를 졸업한 분이다. 이후에 일본 육군 장교로 있었으며, 1916년에 일어났던 제1차 세계대전에도 참가했었다. 그러다가 1919년 30세 초반이 되었을 때, 3.1운동이 일어나자. 비로소 조국 독립의 중요성을 크게 깨닫고 왜군 장교를 탈출해서 만주로 망명했던 분이다.

만주로 건너간 후에는 유하현 합니하(柳河縣 哈尼河)에 있었던 신흥무관학교 교관으로 군사훈련을 담당해서 많은 독립군 간부들을 양성했으며, 이후에는 신흥무관학교의 교성대장(敎成隊長)을 역임하기도 하였다.

그리고 1920년 말 청산리 녹립전쟁에도 참전했고, 김좌진 장군을 수행해서, 밀산(密山)을 거쳐. 당시 러시아 영토였던 연해주로도 망명했던 분이다.

이후 1921년에는 이르크스크시에서 독립군 간부 양성 등을 위한 고려혁명사관학교를 설립해서 교장을 지냈으며, 침략자 왜군을 물리치는 등 많을 활동을 계속하다가, 자유시(알렉세예프스크)에서 러시아 당국의 배신으로 독립군들이 많이 학살당한 자유시 참변을 겪게 되었고, 지정천 장군은 소련 정부가 독립군의 무장 해제를 강요하자 이에 대항하다가 피체되기도 하였다. 이에 임시 정부에서 강력하게 항의하자, 겨우 석방되어 수많은 독립군들과 함께 다시 만주로 이동하게 되었던 것이다.

그리고 1923년 1월에는 상해에서 국민대표 회의가 개최되자 고려혁명군 대표로 이 회의에 참가했으나, 창조론과 개

조론 등으로 통일된 의견의 수합이 어려워지자, 1924년에 신숙, 김규식과 함께 국민위원회를 구성했으며, 지청천 장군은 군사위원에 선임되어 활동하기도 하였다.

그러다가 1925년에 다시 만주로 돌아와서. 길림주민회, 의성단(義成團). 광정단(匡正團) 통의부(統義府) 등, 독립 운동 단체들을 통합해서 정의부(正義府)를 조직했으며 군사 위원장 겸 사령관에 취임했던 분이다. 이 후에는 길림성, 화전현에 본부를 두고 계속 활동했는데, 당시 이 단체에서는 국내에도 대원을 파견해서 일제 기관을 파괴하고, 일제 관헌을 주살하는 등 여러 활동을 계속하였다.

당시 김좌진(金佐鎭) 장군도 영안현에서 신민부를 조직했으며, 총사령관에 선임되어 성동사관학교를 설립하고, 부교장으로서 교장 김혁(金赫)과 함께 간부양성에 주력하여 대일 항쟁에 전력을 다하는 등 항일전을 위해 계속 노력하던 때였다.

이러한 김혁(金赫:號 烏石 異名 學韶) 선생은 경기도 용인 출신이며, 대한제국 육군 정위(正尉)로 근무하던 분으로, 3.1 운동 직후 만주로 망명했고, 북로군정서에 참가해 대일 항전에 전념한 분이었다. 이후 연해주로 망명했다가 북만으로 돌아와서 대한독립군정서(大韓獨立軍政署) 참모로 활동 한 분이었다. 그리고 북만주에서 김좌진 장군과 함께 신민부 를 조직해서 중앙 집행위원장으로 활동하였고, 성동사관학교 교장으로, 김좌진 장군 등과 군인 양성에 노력하였던 분이다. 이후 1927년 2월에 중동선 석두하자(中東線 石頭河子)에서 여러 대원들과 함께 일경에 피체되어 1929년 6월 신의주지방법원에서 징역 10년형을 받고 옥고를 치른 후 별세하신 분이었다.

김혁 선생 독립운동기념비(용인)

그리고 김좌진 장군은 1928년에 이분들이 참여했던 정의부, 신민부, 참의부의 3부 통합 운동을 위해 함께 노력했으며, 1929년에는 한족 총연합회를 조직하는 등 활발히 활동하기도 하였다.

그런데 이후 1930년 초(음1929년 12월 25일)에 김좌진 장군이 일제의 조종을 받은 공산당원에게 암살 순국하는 참혹한 일이 일어났던 것이다.(다음호에 계속)

자료제공: 「한민회」이사장 崔勇鶴(전 평택대학교 대학원장)

설악산 주전골

최 강 일

　설악산은 강원도 속초시, 인제군, 고성군, 양양군에 걸쳐 있는 우리나라의 명산으로 남한에서는 한라산(1950m), 지리산(1915m)에 이은 3대산으로 1708m의 높이로 제2의 금강산이라고 불리기도 한다. 태백산맥 연봉들의 하나로 최고봉인 대청봉과 그 북쪽의 마등령, 미시령, 서쪽의 한계령에 이르는 지역으로 그 동부를 외설악, 서부를 내설악이라고 분류한다. 설악산은 백두대간의 중심부에 있으며 북쪽으로 향로봉, 금강산이 있고, 남쪽으로 점봉산, 오대산과 마주하고 있는 명산이다. 내설악에는 미시령, 대청봉, 한계령을 수원지로 하여 소양강, 북한강으로 이어지는 계곡이 발달해 있다.

　천불동계곡, 울산바위, 권금성, 금강굴, 비룡폭포, 토왕성폭포, 귀면암, 와선대, 비선대, 공룡능선 등 절경이 도처에 산재해 있는 사랑받는 명산인 것이다. 특히 주전골 계곡에는 고래바위, 상투바위, 여심바위, 부부바위, 선녀탕, 십이폭포, 용소폭포 등 곳곳에 기암괴석과 폭포가 이어져 풍광이 빼어난 곳이다. 울산바위는 신흥사 북쪽에 위치해 있고 둘레가 4km, 높이가 873m의 거대한 암체로 중생대에 만들어진 화강암으로 이루어진 명물이 아닐 수 없다. 설악산은 내설악, 외설악, 남설악까지 전역에 걸쳐 아름답고 빼어난 산세에 맑은 계곡과 암자들과 기암괴석으로 이루어진 산으로 사시사철 절경을 이루어 전국에서 많은 관광객들이 찾고 있는 명산이다.

그 유명한 흘림골과 주전골은 한계령휴게소와 오색약수터를 이어주는 깊은 골짜기다. 흘림골에서 오르막길인 등선대 코스를 거쳐 금강문을 지나 용소폭포를 만나고서는 평탄한 탐방로를 따라 주전골로 이어지는 약 6.6km의 등산길로 보통 4~5시간이 소요된다고 한다.

오색약수터에서 시작하여 약 3.2km 거리에 있는 용소폭포까지 다녀오려면 대강 두 시간 반이면 편한 길로 다녀올 수 있다. 흘림골과 주전골은 남설악 최고의 가을 단풍의 명소로 알려져 해마다 수많은 등산객들의 발길이 이어지는 곳이다. 대략 10월 중순경이 단풍의 절정기로 알려져 있으나 기후에 따라 늦어지기도 한다.

주전골이란 이름은 승려를 가장한 도둑무리들이 옛날에 위조 엽전을 만들던 곳이라 해서 붙여진 이름이라고도 하지만, 용소폭포 입구에 있는 시루떡바위가 마치 엽전을 쌓아놓은 것처럼 보여서 그런 이름을 얻었다고도 한다.

오색약수터에서 용소폭포까지의 탐방로는 양옆의 기암괴석을 끼고 있는 계곡을 따라 완만하게 이어져 있어 남녀노소 누구나 편하게 걸을 수 있게 조성해놓은 데크 길 이어서 편리한 등산길이다.

넓은 바위 위를 흐르는 맑은 물이 흐르는 계곡과 원시림으로 이어지는 계곡 좌우의 바위들이 마치 병풍처럼 우뚝 솟아 있다. 계곡암반과 기암절벽이 어울려서 독특한 풍경을 보여준다. 거대한 암석들이 차례차례 포개지며 그 사이에서 물줄기를 쏟아내는 풍치가 압권이다. 그래서 계곡 사이로 우뚝 솟은 독주암과 넓은 소를 이루는 선녀탕 등의 풍경에 등산객들은 그 풍치에 빠져들게 되는 것이다.

용소폭포는 하얀 계곡물이 붉은 빛을 띠는 매끄러운 암반 사이로 미끄러지듯 떨어지며 시원한 맛을 발산시켜주어서 주전골 탐방의 대미를 장식하는 곳이라 할 수 있을 것이다. 계속 이어지는 등산로는 서쪽으로는 흘림골, 동쪽으로는 대청봉으로 이어지나, 이번 여행에서는 여러 가지 사정상 주전

골까지만 자연의 풍경을 감상하고 하산해야 했다. 그러나 내려오면서 다시 보는 풍치는 새로운 곳을 보듯 또 다른 풍치를 보는 것 같아서 참 신기하기도 했다.

수년전에 친구들과 다녀온 곳이지만, 다시 보아도 새록새록 새로운 멋을 느낄 수 있으니 참 자연은 고마운 존재가 아닐 수 없다. 올해는 코로나19라는 괴질 때문에 사람들이 여행도 자유롭게 할 수 없는 상황이니 우울증에 걸릴 것 같다는 이야기도 있는 실정이다.

얼마 전 사위와 딸이 찾아와 주말에 승용차편으로 강원도 설악산과 동해안 일대를 당일치기로 여행하자는 제안을 해왔었다. 생각해 보니 그것도 답답한 일상에서 벗어나 보는 좋은 생각이라 동의하고 이번 여행을 계획하게 된 것이다. 당일에 다녀오려면 시간이 부족할 수도 있을 것 같아 새벽 5시에 사당동에서 떠나야 했다. 개포동에서 우리 내외를 태우러 새벽에 와야 했으니 그들은 아마도 4시경에 기상을 해야 했을 것이다. 어두운 새벽에 여행길에 나섰지만 우리와 같은 생각을 한 사람들이 많았는지 새벽에 경춘가도를 달리는 차들이 제법 많아서 놀라기도 했다. 6시경이 되니 먼동이 트면서 길이 훤해지니 마음이 놓였다. 워낙 터널이 많아서 처음부터 그 숫자를 세어가며 갔다. 7시 40분경 양양톨게이트를 지날 때까지 무려 61개의 터널 수를 헤아리면서 또 한 번 놀랐다. 양양터널은 그 길이가 약 11km 정도 된다니 그 공사가 얼마나 어려웠을지 미루어 짐작도 안 된다. 여하튼 우리나라의 토목공사능력이 세계적으로 유명함을 다시 실감했다.

가면서 간식을 좀 들기는 했지만 7시 50분경 강원도의 먹거리의 자랑품목중 하나인 황태해장국으로 맛있는 조반을 즐길 수 있었다. 주차장에도 제법 차들이 들어차고 등산객도 많았다. 괴질 때문에 체온을 재는 과정을 거쳐서 산행을 시작해야 했다. 물론 마스크 쓰기는 기본적인 수칙이었고, 평소에 걷기훈련이 제대로 안 된 입장이라 집사람은 딸과 함께 중간쯤에서 쉬기로 하고, 사위와 둘이서 용소폭포까지 다녀오는 일정으로 진행을 해야 했다.

모처럼 온 여행인데 같이 가면 좋았지만 어쩔 수 없어, 남자들만 산행을 하게 되었다. 옆을 보아도, 앞을 보아도, 뒤

를 보아도 모두
가 절경의 연속
이리 힘든 줄도
모르고, 연신
사진을 휴대폰
으로 찍으며 올
라갔다. 기암괴
석의 절벽에서
도 소나무와 각
종 나무들이 살
아가고 있는 모습을 보면서 그 식물들의 생명력에 놀라곤 했
다. 금강굴을 지나니 바로 전방에 용소폭포가 가까이 나타났
다. 이제 막 물들기 시작한 단풍의 찬란한 색채에 정신을 빼
앗기면서 맑은 물이 바위를 지나면서 폭포로 변하는 절경을
황홀하게 바라보며 좋은 풍경을 사진기에 담았다. 아래서 기
다리는 식구들을 생각해서 마냥 절경을 감상하며 시간을 보
낼 처지가 아닌지라 하산 길에 들어서야 했다. 올라올 때 보
았던 풍경들이지만 내려오며 바라보니 또 새로운 맛을 즐길
수 있었다. 오르내리는 등산객들 사이에서 서둘러 하산하여
바닷가로 차를 몰았다. 적당히 파도가 쳐서 바닷가의 풍경도

시원한 멋을 선사하고 있었다. 모처럼 동해안에 왔으니 싱싱한 회를 맛보지 않을 수 없는 일. 하지만 식당은 한가로운 편이라 장사가 제대로 안 되는 상황에 마음이 아프기도 했다.

속초에 온 기념으로 해산물을 좀 산다고 시간을 보내다가 교통량이 많아져서 서울로 오는 길은 교통정체의 연속이었다. 오후 2시경 출발했으나 6시경에야 미사대교를 통해 하남시에 도착할 수 있었다. 하남시의 매장에서 물건을 몇 가지 구입하고 늦은 저녁을 들고, 교통체증이 다소 풀린 후에 나서니 비교적 쉽게 사당동에 무사히 도착할 수 있었다. 새벽부터 서둘러서 강원도 여행을 했으니 모두가 바쁜 일정에 힘들었지만, 사위와 딸이 특히 힘들었을 것이다. 아직 젊다고는 해도 온 종일 노인들 모시고 여행길을 주선한 사위와 딸에게 고마움을 느끼며 즐거운 여행길의 추억을 만들어준 그들의 수고가 오래오래 마음속에 남아 있을 것이다. 힘은 들어도 역시 여행은 하고 볼 일이란 생각이 다시 새겨지는 하루였다.

---

* 「한국크리스천문학」수필등단, 한국크리스천문학가협회 회원, 고려대학교 영어영문학과 졸업, 전)남강고등학교 교사, 옥조근정 훈장 - 대통령표창 수상

안데르센 기념관(2)

심 혁 창

안데르센 고향 오덴세에서 3시간을 달려야 코펜하겐에 도착하는 덴마크 광야는 하늘이 땅끝에 내렸다.

1843년에 낸 새로운 동화집에는 그의 최고 걸작인 '미운 오리 새끼'가 수록되어 있었고, 이 작품이 대대적인 성공을 거두면서 안데르센의 명성은 그 어느 때보다도 확고해진다.

1846년에는 덴마크 국민으로선 최고의 영예인 단네브로 훈장을 받았고, 왕족과 귀족을 비롯한 상류층 인사들과 교제하는 명사가 되었다.

고국인 덴마크에서는 종종 혹평을 받아 가뜩이나 예민한 마음이 크게 상했던 안데르센이었지만, 오히려 독일이나 영국 같은 외국에서는 더 일찍부터 명성을 얻은 바 있었다.

가령 영국의 경우에만 해도, 당대 최고의 인기를 누리던 소설가 찰스 디킨스가 특히 안데르센의 열성 팬이 되어서 여러 번에 걸쳐 만나 친밀한 관계를 유지했을 정도였다.

오덴세 시 한 귀퉁이에 있는 안데르센의 생가

1860년대에 덴마크는 연이은 전쟁의 와중에 슐레스비히-홀슈타인 주를 독일에 빼앗기는 등 적잖은 굴욕을 겪었지만, 이미 덴마크의 최고 명사가 된 안데르센은 평온하고도 영광스러운 나날을 보냈다.

1867년에는 반세기만에 고향 오덴세를 찾아 대대적인 환영을 받았고, 10월 17일 매우 화창하고 맑은 날씨였다. 유럽에서는 보기 드문 좋은 날이라 인어공주를 만나러 가는 길은 유쾌했다. 바닷가에 비나 내리고 바람이 불면 무슨 꼴인가. 하지만 이 날은 쾌청하여 관광하기 좋았고 인어공주가 있다는 발틱해 바닷가에는 바람도 불지 않았다.

인어공주 동상을 보기 위해 세계 각지에서 바닷가 둑에 수천 명이 모여 있다

위는 바닷가에 모여든 젊은 관광댇과 바위에 올라앉은 이어공주 동상

1869년에는 그의 코펜하겐 입성 반세기를 축하하는 대대적인 행사가 열렸다. 말년의 안데르센은 류머티즘전시관 내 20평쯤 되는 서가에는 각 나라에서 번역된 안데르센 작품 책들이 가득했다.

나는 여기에 내가 지은 동화 '왕호랑이와 임금님' '두꺼비 공주' '왕따 대통령' '우리아빠는 국회의원감이 아니에요' '행복을 파는 할아버지' '나는 어린왕자' '헌책방 할아버지' '과학 귀신의 전략' '귀밝은 임금님' 등 9권을 증정하고 돌아왔다.

안데르센 기념관 유리 집과 전체 둘레에 물이 찰랑거리는 호수/필자

그는 병마에 시달리며 종종 병상에 누워 있었고, 창작은 눈에 띄게 줄었다.

1875년 8월 4일 오전 11시 5분, 안데르센은 70세를 일기로 세상을 떠났다.

그는 평생 독신으로 살았으며 딱히 가족이라 할 만한 사람이 없었다. 그래서 8월 11일에 열린 장례식에는 덴마크 국왕과 황태자를 비롯한 수백 명이 찾아왔지만, 정작 그와 혈연관계가 있는 사람은 아무도 없었다.

전설적 동화 작가가 유감스럽게도 아이들을 안 좋아했다니 늘 고독하게 살아서이리라. 동상으로라도 아이들과 어울려 살아보리라는 작품 같다

안데르센 기념관에 소장되어 있는 계몽사 발행 전집과 여러 출판사에서 발행한 동화책들이 있어서 반가웠다.

안데르센 기념관 서가

위 그림) 안데르센의 그림과 종이 오리기로 인형을 만들던 가위와
밑 그림) 200년 전에 알데르센이 평소에 입었던 옷 전시(실물)

사자성어

중국은 간자를 주로 쓰고. 긴판은 모두 간자로 되어 있습니다.
설명문 끝에 간자로 바뀐 글자를 올렸으니 참고 바랍니다.

去頭截尾 거 두 절 미	앞뒤의 사설을 빼고 요점만 말함.	去头截尾
居安思危 거 안 사 위	편안할 때에도 닥칠지 모를 위태로움을 생각하며 정신을 가다듬음.	居安思危
車載斗量 거 재 두 량	차에 싣고 말로 셀 만큼 물건이 흔하거나 많음.	车载斗量
乾坤一擲 건 곤 일 척	흥망을 걸고 단판걸이로 승부를 겨룸.	乾坤一掷
乾木水生 건 목 수 생	마른 나무에서 물을 짜내려 함.	乾木水生
乞兒得錦 걸 아 득 금	거지 아이가 비단을 얻다. 즉 분수에 넘치게 자랑함.	乞儿得锦

隔世之感 격 세 지 감	딴 세대와 같이 몹시 달라진 느낌. 隔世之感
隔靴搔癢 격 화 소 양	신을 신고 발바닥을 긁는다는 뜻으로 일이 성에 차지 않음을 비유. 隔靴搔痒
牽強附會 견 강 부 회	말을 억지로 끌어 붙여 자기 의견을 합리화함. 牽強附会
見金如石 견 금 여 석	황금 보기를 돌같이. 고려 명장 최영(崔瑩)의 아버지가 가르쳤다는 교훈. 見金如石
見利思義 견 리 사 의	재물을 보면 의를 먼저 생각함. 见利思义
犬馬之勞 견 마 지 로	자기의 노력을 낮추어 겸손히 일컬음. 犬馬之劳
見物生心 견 물 생 심	물건을 보면 욕심이 생김. 见物生心
見危授命 견 위 수 명	나라가 위기에 빠졌을 때 자기의 목숨을 바침. 見危授命

見而不食 견 이 불 식	보고도 먹지 못함. 그림의 떡. 見而不食
犬兔之爭 견 토 지 쟁	개와 토끼가 싸우다 지쳐 죽은 걸 지나던 농부가 주워다 먹었다는 고사. 둘이 싸울 때 제3자가 이익 을 얻게 됨을 비유. 犬兔之爭
結者解之 결 자 해 지	묶은 자가 풀어야 한다는 뜻. 문제 만든 자가 책임짐 結者解之
結草報恩 결 초 보 은	죽어 혼령이 되어도 은혜를 잊 지 않고 갚음. 結草報恩
傾國之色 경 국 지 색	임금이 혹하여 나라가 뒤집혀도 모를 만큼 예쁜 미인. 傾国之色
驚天動地 경 천 동 지	하늘이 놀라고 땅이 흔들릴 만 큼 큰일. 惊天動地
鷄卵有骨 계 란 유 골	달걀에도 뼈가 있다. 뜻밖의 장애 를 이름. 鸡卵有骨
呱呱之聲 고 고 지 성	아이가 나면서 처음 우는 소 리. 呱呱之声